KB084270

만만하게 보이지 않으려

몸집 부풀리는 법을 알려주는

세상에게 던지는 한 마디

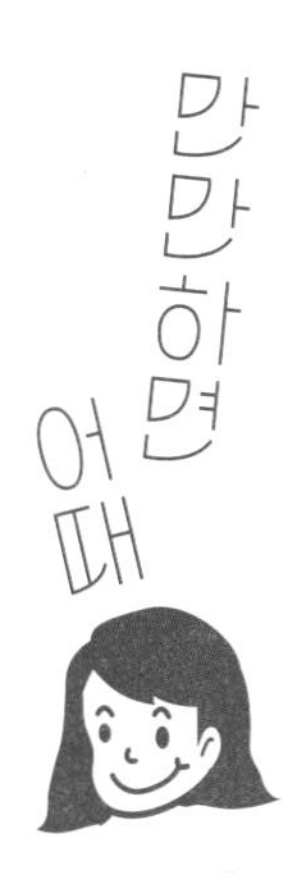

양양피아노의 악보에Say

그래서, 음악

epilogue

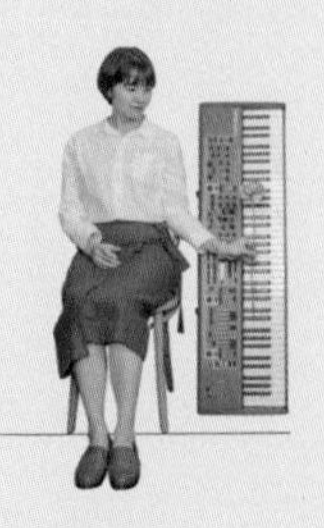

에필로그를 쓰기 위해 지난 삶을 돌아보니 어렸을 적, 글짓기 대회에서 꽤나 여러 차례 수상했던 기억이 떠올랐다. 분리수거를 잘 해야 하는 이유에 대한 논설문을 엄청 열심히 썼던 장면이 쓰쳐 간다. 그렇게 글 쓰는 것을 좋아하는지도 모른 채 열일곱이 되었다. 진학하고 싶은 학과에 대한 고민은 해본 적 없는 여고생은, 신입생을 모집하기 위해 홍보하러 교실로 찾아온 2학년 방송반(클럽) 언니들의 멋짐에 방송반에 지원하게 되었다. 학교의 여러 클럽 중 가장 오래된 전통을 자랑하는 방송반은 1차 서류(성적)부터 시작해 5차 단체 토론(group discussion)까지 어마어마한 관문을 자랑했다.

점심시간에 주어진 30분, 라디오 방송 진행을 위해 글을 다시 쓰기 시작했다. 전체적인 맥락과 글의 흐름을 들여다보게 된 두 번째 장면이다. 그렇게 방송국 PD를 꿈꾸며 진학준비를 하다 음악에 빠지게 되었다. (내 삶에 음악은 정말, '풍덩-' 빠졌다는 표현밖에 쓸 수가 없다.) 다른 분야의 일인 듯하지만, 창작하는 모든 일은 서로 아주 긴밀하고 촘촘하게 연결되어 있다. 그들은 서로서로 상호작용을 한다.

모든 사람의 삶은 다르지만 닮아있고, 닿아있다. 그래서 우리의 '닿음'은 편안함을 주기도, 불편함을 주기도 한다. 아마 이 에세이를 읽다 보면 어떤 파트에서는 공감을 하기도, 또 어떤 부분에서는 이해가 안 되기도 할 것이다. 그것은 너무 당연한 일이다. '대한민국 뮤지션', 그중에서도 '36세', 그리고 '미혼'이라는 조건에 해당하는 사람이 또 있겠지만, 내가 만나온 삶의 시간들을 똑같이 경험한 이는 절대 없을 테니까. 그러니 엇비슷할 수는 있어도 똑같을 수는 없기에, 우리는 다른 사람들의 삶에서 공감을 하기도, 이해불가를 선언하기도 한다. 그것은 '옳고 그름'의 문제가 아니라, '좋고 싫음'의 영역일 가능성이 높다.

서로의 다름을 존중하여 하모니로 만들어내는 우리의 조화로운 마음은, 기어이 작은 생명을 지켜내는 일이 되리라고 믿는다. 그러니 이 글을 읽다 마음에 끄덕거림이 생긴다면 우리의 프리즘이 비슷했다 여겨주시길. 그러다 온라인에서나 오프라인에서라도 우연히 마주치게 되면 우리가 닿았던 순간을 나눠주시길 부탁드린다. 그 나눔은 또 다른 영감이 되어 또 다른 이와의 '닿음'을 향해 가는 길목이 되어줄 테니.

2021년 10월

양희정

차례

Part 1 닮아서,

Part 2 깨지고,

Part
3

바라보고,

Part 4 보완하고,

Part 5 닿고

만만하면 어때

Part

1

닮아서,

얼룩

blots

✦

얼룩에 대한 나의 인식은 그리 긍정적이지 않다.

옷에 묻은 얼룩은 바로 지워야 하듯,
얼룩이 묻은 곳이 옷이든, 마음이든, 인생이든
'원치 않은 흔적이 남는 것'을
얼룩으로 인식하고 있었기 때문이리라.

제주 미술관에 갔다 만난 김창열 작가는
물방울을 그리다,
언젠가부터 물방울이 흡수된 흔적인

얼룩을 함께 그리기 시작했다.

"물방울은 영롱하고 아름답기가
흡사 보석을 생각게 합니다.
그러면서도 부서지기 쉽고
순식간에 사라져 버리는 점에선
너무도 대조적이죠."

「나」라는 캔버스 위에
'어떤 아름다움을 모아서 보여줄 것인가?' 보다
'어떤 얼룩을 새기며 살아갈 것인가?'를 질문해야 한다.

햇빛에 말리고
세제를 묻혀 쓱 쓱 쓱 비벼도
사라지지 않을 얼룩이
우리 인생에 남을 테니.

멈출 수는 없다

낭만닥터 김사부 2

✦

드라마 대사 중
'인생이 잠시 머물 수는 있어도
멈출 수 있는 순간은 없다'는 말이 있었다.

'머물다'와 '멈추다'
두 단어의 대조가 마음에 내려앉았다.

모든 것엔 끝이 있기 마련이나
언제 끝이 날지는 알 수가 없다.

하지만 적어도

끝을 향해 내가 어떻게 달려갈지 선택할 수 있고,
고민해 볼 수 있다는 것은
신이 인간에게 선물한 희망이라 여겨진다.

나는 잠시 머무르고 있는 것인가,
멈춰보려 애쓰고 있는 것인가.

좋고 행복했던 영광의 시절이든
괴롭고 반복하고 싶지 않은 암흑의 시절이든
결국 모두 지나갔다.

다가올 내일을 때마다 어울리는
희망으로 빚어내는 사람이 되고프다.

그 모든 불안함 속에 피어난 낭만은
우리에게 어마어마한 영감과 희열을 안겨줄 테니.

풍경을 찍은 줄 알았는데

✦

담아내고 싶은 것에 몰입하다 보면
다른 것에 대한 집중도가 상대적으로 덜 해지기 때문에
다른 풍경이 담긴 줄도 모를 때가 있다.

그 다른 풍경이 의도치 않게 좋을 때도 있고
영 마음에 들지 않을 때도 있다.

내가 보는 것이 전부가 아니라는 걸
잊고 살고 있다.

가시적인 것이 전부인 듯 살고 있다는 걸

내가 찍은 사진에서 깨닫는다.

나는 창문 너머 풍경을 찍으려
최대한 몰입해서 셔터를 눌렀는데
풍경만큼 선명한 내 모습이 담겨있으니 말이다.

손의 언어

머리보다는 마음이, 마음보다는 몸이 정직하니까

✦

크리스마스 캐럴을 부르기 조금 이른 11월,
뜨거운 태양을 등진 채

필리핀 내에서도 소외받는
아티 커뮤니티의 20가구 남짓의 집을 다니며
쌀과 노래 선물을 전달했더랬다.

낯선 외국인들이 집안까지 찾아와 시선을 빼앗겨도
익숙한 손놀림으로 쉬지 않고 엮어 가는 동전 지갑.
놓을 수 없는 그것.
(동전 지갑을 엮어 생계를 유지한다.)

사람들의 모습을 카메라에 담고 있던 나의 렌즈는
쉬지 않는 그 손을 향했다.

'Joy to the world(기쁘다 구주 오셨네)'를 들으실 때는
박수를 치고 싶어 한 번 내려놓으셨고,

'나의 약함은 나의 자랑이요'를 들으실 때는
참을 수 없어 두 볼에 흐르는 눈물을 훔치느라
한 번 내려놓으셨다.

아니, 그 전부터 미세하게 떨리던 두 손은
'익숙한 엮어냄'마저 멈칫하게 만들었다.

그것은
낯선 이에게서 받는 노래 선물에 보답할 길이 없어
늘 해오던 익숙한 꾸준함에 기댄 마음이리라.

아티 커뮤니티를 가가호호 돌면서 캐럴을 불렀던 장면이
'Door to Door'로 쓰여 졌다.

아마도 나는, 눈물이 흐르는 할머니의 손이 아니라

그 손에 담긴 이야기를 알아차렸던 게 아니었을까?

그 어떤 진한 스킨십보다
손 한번 잡으면 상대의 마음이 다 읽히는 것이
우리의 영혼 아니던가?

Door to Door

양희정 곡

Verse

Knock knock 두드리는 소리에

녹록치 않은 맘을 열어 준 그대

"Joy to the world"

"The Lord has come"

간절함 담아 불러요

Verse′

또 흘러내린 눈물에 / 흔들리는 나를 감싸 안아 준 /

너의 두 손 그 따뜻함 잊지 않을게

Bridge

가장 아픈 그대에게 / 가장 먼저 말할래요 / 가장 슬픈 그댈 위해

(아기 예수가 태어나신 거라구요!)

Chorus

Joy to the world / The lord has come

Door to the door / The lord has come

Joy to the earth / The lord has come

✦

새해 인사처럼 멋진 시를 소개해 준 자란언니가
손 글씨를 적은 사진을 보내주며
언니 이야기 한 자락을 적어 주었다.

'희정, 인생 한 번 주어지는 꽃봉오리인 줄 알았어.
그래서 문득 마음이 조급했고,
그 마음은 분주한 삶으로 늘 들통이 나기도 했어.

새 날이라고 마음을 다독이며 생각하니
평생 한 번 주어지는 꽃봉오리가 아니고
1년 아니,

어쩌면 매일 주어지는 꽃봉오리였구나.
그래서 어제를 털고 매일 다시 시작해도 되는 거구나'

조금은 우울했고,
후회도 남아있었고,
자신에게 실망스럽고 아쉬운 것도 있었지만

매일 다시 시작해도 된다는 말에
위로가 되었다.

시는 함축적이면서 운율이 있는 것이라던데
그 모양이 우리네 삶이랑 꼭 닮아있다.

각기 모두가 다른 삶을 함축하며 살아가고,
나만의 운율(그루브)에 몸을 맡긴 채
살아가니 말이다.

그 모양이 다를지라도,
모두가 꽃봉오리를 안고 살아간다.

이런 꽃봉오리 같은 인생.

이소라 콘서트

숨, 공간 그리고 호흡

✦

아주 오랜만에 라이브 공연장을 다녀왔다.

이소라의 공연은
화려한 조명이나 무대 장치가 있지 않았지만
그다지 필요치 않았다.

가수가 이렇게 말을 안 해도 되나 싶을 만큼
침묵과 호흡, 숨 자리가 많았던 공연이었다.

오랜 침묵 끝에 몇 마디 뱉은 멘트들은
이내 내 고개를 끄덕이게 했고

어떤 멘트는 공연이 끝난 후,
토시 하나 틀리지 않고 읊을 수도 있었다.

같은 곡으로 꾸려진 공연이 앞에 몇 번 있었고
몇 번 더 남아있었지만

아마도 이소라는 매 공연마다 다른 이야기를 할 듯하다.

그녀는 솔직했고, 실수했고,
순진했고, 수용했고, 실행했다.

앞에 부르던 곡에서 다음 곡인
'바람이 분다'의 코러스 부분으로 연결되던 곡이 있었다.

곡은 이어졌고 '바람이 분다'가 끝날 때 즈음
노래를 부르다 멈추고 이렇게 말했다.

"'바람이 분다' 다시 불러야겠어요."
(그래서 완곡으로 들었다는!!)

공연을 보고 난 후,

내가 써온 곡들, 적어둔 가사들을 다시 들여다보았다.

살아있는 감정을 애써 외면하며
'어른스럽다'는 이름과 맞바꾸어 살아온 것은 아니었나.

오늘은 찰나 같던 90분을 되새김질하며
어제보다 조금은 더 솔직한 이야기를 꺼내 놓아야겠다.

혼자 산다는 것

양희정 곡

고요한 침묵이 주는
편안함 곁에 외로움이

자그마한 공간이 주는
안정감 옆에 두려움이

언제든 먹고, 잠들 수 있지만
아무 때나 먹고, 잠들지 않지

지금이 좋은데
나중을 꿈꿔

혼자인 걸 걱정하다
그 걱정을 후회할
나중을 자각해

좋은데 아쉽고
허전한데 괜찮은 건

어느 때나 그렇잖아
누구라도 그렇잖아

생명의 순환

Wreath(우리가 잘 알고 있는 것은 크리스마스 리스)

✦

침엽수로 만들어지는 리스는,

한 겨울에도 푸르름을 잃지 않는
강함을 상징한다고 한다.

겨울의 리스는 동지(冬至)와도 같은 상징인데,

동지는 일 년 중 밤이 가장 길고
낮이 가장 짧은 날이다.
(양력으로 12월 22일이나 23일, 크리스마스 시즌 무렵이다.)

길었던 밤을 지나 25일.

아기 예수가 탄생한 날에
태양이 다시금 부활하는 것을 의미한다고 할 수 있겠다.

그동안 내게 둥그런 모양의 리스는
크리스마스 분위기를 위한 장식에 불과했다면,

한 해 동안 생명을 가지고 달려온 삶이
그 둥그런 모양을 따라
또 다른 생명을 순환으로 맞이하기를 바라는
의미를 담아보고 싶다.

한 번의 숨을 고르게 내어 뱉고
새로운 숨을 들이 마시듯이.

어둡고 '긴- 밤'이 머물러도
태양은 반드시 찾아올 테니.

#메리크리스마스

사진의 시간성

✦

인간의 희·노·애·락

생과 사

전쟁과 평화

빈과 부

사랑과 아픔

대면과 외면

기억과 망각

축복과 저주

행복과 불행

자유와 억압

정의와 불의

소유와 놓음

매임과 놓임

사실과 생각

정답과 오답

계급과 평등

믿음과 불신

약탈과 나눔

아침과 저녁

끈기와 포기

Major와 minor

갈등과 해결

하모니와 불협

입력과 출력

소리와 음소거

인생의 양면성을
있는 그대로 표현하고
그 표현이 넉넉히 허용되는 것.

시대정신을 담아내는
아티스트들을 만나고 오니
가슴이 벅차다.

살아온 시간의 나이

아빠는 63세니까, 63세 다워야지?!

✦

아빠에게 전화를 했다.
그냥, 했다.

그런데 알고 보니 그 날은
아빠의 음력 생일이었다.

아빠의 목소리가 평소보다 장2도 높았던 것은
생일이라 둘째 딸이 전화한 줄 아셨던 것일까?

오늘이 몇 월, 며칠인지도 모른 채
요일만 계산하며 사는 프리랜서의 삶에

아빠의 음력 생일이 스케줄러에 없는 게 당연했다.

아빠에게는 한없이 사랑스러운 손녀(나에겐 조카)가
생일 축하 노래도 불러 드리고, 가서 잠도 자고,
아침에 단둘이 사과도 깎아 먹으며
알콩달콩한 시간을 보냈단다.

아빠의 올해 나이는 63세이다.
그 63세 중 아빠로서 나이는 이제 37살(친언니의 나이),
할아버지로서는 겨우 5살(조카의 나이)인 셈이다.

그러니 처음이라 서툰 것이 많았던 '아빠'보다는
조금은 여유가 생긴 '할아버지'를
더 잘 소화하는 것이겠지.

양희정은
한 사람으로서의 나이 35세,
이모로서의 나이 5세,
오래된 친구로서의 나이 24세,
오래된 친구에서 좋아하는 친구로서의 나이 2세,
선생으로서의 나이 16세,

새벽의 집 행정으로서의 나이 4세,
양양피아노로서의 나이 8세,
싱어송라이터로서의 나이 2세이다.

태어나서 살아온 시간이 35년이라고 해서
모든 분야를 35년의 경력으로 해낼 수는 없는 것인데,

나는 나를, 너를, 우리를 그리고 또 누군가를
살아온 시간의 경력에 맞게
미션을 수행해내야 한다고 생각하며
서로를 내몰았을까?

나의 옳음을 내세우며 다름을 존중하지 않았던
모든 시간과 사건들에 부끄러운 마음을 담아
사과를 전하고 싶다.

다름을 받아들이는 걸 꾸준히 연습하기로 한다.

바니시

✦

'오-래' 묵은 원목을 만났다.

다양한 사람들을 마주하며 묵혀있던 때를 벗겨주고

바니시 칠을 '쓰윽-' 해주면

오래된 멋스러움을 지닌 테이블이 된다.

나무 상판을 사포로 스윽 문질러

한 껍질 벗겨낸 뒤, 천으로 가루들을 닦아낸다.

첫 번째 바니시는 얇게 발라 주되

꾹꾹 눌러가며 모든 면을 고르게 펴 발라 주어야 한다.

시간이 한참 흐른 뒤
결이 없는 부드러운 천으로 나무를 문질러
나무 사이사이마다 바니시가 잘 스며들도록 도와준다.

같은 방법으로 바니시 칠을
두어 번 정도는 더 해줘야 한다.

바니시를 칠을 하는 이유는,
바니시가 나무를 코팅해 주어
방수도 되고, 때가 묻어도 금방 닦아 낼 수 있기 때문이란다.

그렇다면 우리 마음에도 바니시 칠을 좀 하면 어떨까?

방수가 되지 않아 스며들어 있었던
불편한 마음들은 사포로 문질러 내고,
또 다른 불편함이 찾아와도
내 마음 안에 스며들지는 못하도록
자신을 보호할 수 있게.

바니시는 모든 것을 덮어버리는 사랑이다.
갈라진 틈 사이사이를 모두 메워버리는 사랑.

부드러운 것은 모든 것을 유연하게 흡수하지만
강한 것은 쳐내거나 본인이 부서지기 마련이다.

누군가를 사랑하는 일은
그 사람을 살게 하는 일이라고 하지 않던가?
사람을 사랑하는 일은 이토록 작은 것이어도 모두 전달된다.

Approach note

저... 잠시만 지나갈게요

✦

어떠한 음에 도달하기 전,

아주 살짝 꾸며주고 사라지는 음.

무슨 일이든

한 끗 차이가 예상치 못한 큰 변화를 만들어내듯

찰나의 순간에 들리는 음 하나로 음악에 담아내는 이야기의 말투가 달라진다.

눈에 잘 보이지 않고 귓가에 잘 들리지 않는 것이

흉내 내기 더 어려운 법.

악보에 표기가 되어 있다 해도
그 음을 어느 정도의 세기로
어느 정도의 길이로 연주하느냐는
결국 연주자의 몫이 아니겠는가?

'모로 가도 서울만 가면 된다'는 말이 있다지만
때로는 '뭐로 갈 것이냐?'에 따라
도착한 서울이 마음에 안 들기도 하는 법이니까.

내 삶이 마치
악보에 표기되지 않을 때도,
많은 Approach note 같은 순간이라 여겨질 때에도
잊지 말아야 한다.

나는 분명히 존재하고 있음을.

행복추구권

추구(追求)는 이룰 때까지 뒤쫓아가는 것이래

✦

지킬 수 있는 최소한의 것들을
지켜내는 선택.

아주 소극적이고 소소하지만
그래도 나를 지켜낼 수 있는 선택 말이야.

먹고 싶은 햄버거보다 저렴한 걸 먹어 왔다면,
오늘 하루는 먹고 싶은 햄버거를 선택하는 그런 거.

너무너무 작고 아주 사소해서
누군가에겐 이미 일상이기도 한 일들.

그런데 말이야,
그 사치를 실현해 보는 것은
나를 돌보지 않은 내 마음에 대한 사과이자 위로일 뿐
현실을 바꾸려는 큰 꿈은 아니야.

그러나 그 사과와 위로가
내일의 나를 더 나은 사람으로 만들어 줄 거야.

그러니 자신을 위하는 일을 미루지 마.

내 안에 깃든 행복은 이윽고, 너를 향해 갈 테니.

고귀한 흰 빛, 내겐 글쓰기 같은 것

에델바이스 꽃말

✦

SNS에 보이는 것처럼
늘 좋은 일만 있는 것은 아니다.

기운이 빠지는 일도 많고
자신 없고 두려운 순간도 많다.

작더라도 좋은 순간을 놓치지 않으려 애쓰고
크더라도 힘든 순간을 흘려보내려 하다 보면
오늘을 살아가고 있는 나를 만나게 된다.

글을 끄적일 때는 무언가 정리되어 적는 게 아니라

정리하기 위해 적는 경우가 대부분이다.

말로 정리를 하다 보면
감정이 복받쳐 의도치 않게 감정이 폭발하기도 하고
이야기를 듣는 상대의 동의를 구하기 위해
내 마음보다 더 과장된 표현을 쓰게 되기도 한다.

말을 한다는 것은 혼자만의 정리가 아니라
타인을 필요로 하는 일이기에 그렇다.

하지만 마음을 글로 적어 내려가다 보면
내 마음에 온전히 집중할 수 있어
더하기(+), 빼기(-) 없이
있는 그대로를 바라볼 수 있게 된다.

여러 복잡하게 얽혀있는 마음들의
희미한 빛을 따라가다 보면
어떤 마음은 이윽고 사라져 버리기도 하고,
어떤 마음은 예상보다 더 예쁜 빛을 띠고 있기도 하다.

그렇게 할 수 있는 모든 방법과 노력을 다했다면

다른 누군가도
내 마음 안에서 일할 수 있는 공간이 생기도록
8분쉼표 정도는 같이 연주해 주자.

밥 한 끼

✦

요리 관련 도구가 하나도 없는 내게
밥 한 끼를 차려 내고픈 욕구가 샘솟는 요즘,

그것이 얼마나 많은 재료와
시간, 아이디어, 노동과 인내심을 기반으로 하는지
새삼 깨닫는다.

손쉬운 편의점 음식과
편리한 요리 방법들이 즐비하다 해도

밥 한 끼의 식탁을 차려 내기 위해서는

불 앞에 서 있어야 하고,
손에서 물이 마르지 않으며,

숙성이 필요한 것들도 있으니
시간 계산도 미리 해야 하고,

온몸의 모든 감각을 총동원하여
눈으로 한 번, 입으로 한 번.

그 모든 것들이 버무려져
결국은 요리하는 이의 마음을 녹여내는 일이다.

우리가 마주하게 될 모든 식탁에
숙연해져야 하는 이유가 여기에 있다.

식탁을 누린다는 것 자체가 호사이며
잘 먹고 나면,
나는 누구를 먹일 것인지
고민해야 하는 몫이 우리에게 남아 있다.

보는 것에 따라

보여주는 것에 따라

✦

예측과 추측을
눈치와 센스로 착각하지 말아야 한다.

다른 이의 마음과 생각을
내가 가진 정보 배합의 알고리즘으로 귀결시키는 것은
아주 많은 오류가 동반됨을 기억해야 한다.

그것이 상처받지 않기 위한 자기 보호이든
주변을 지키려는 영웅 심리이든
사실과 다를 수 있다는 걸 기억하자.

쓸데없는 배려는 살아오는 동안 했으면 충분하다.

눈치 없는 사람이 되더라도
에너지 쓰며, 마음 쓰며, 감정도 소모하며
온갖 눈치를 보려고 애쓰지 말자.

생각과 말이 많을수록
부정적인 이물질이 너무 많이 낀다.

'아! 나는 모르겠다!'
속으로 되뇌어야겠다.

SNS에 예쁘게 나온 사진만 올리지 말라던
뼈 때리는 친구의 말에

'나는 사람들에게 어떤 모습을 보여 주고 싶었을까?'
내 피드를 다시 정주행해 본다.

에디터는

좋아하는 것에서 좋은 것을 골라내는 사람이래요

✦

편집자님,

제 글 좋아하세요??

결사반대

시간이 지나고 보니 그런 건 없었다

+

음악 레슨을 받아 본 적도 없는 둘째 딸이
음대 진학을 하겠다고 나서니
그 앞길이 걱정되었던 아버지는 강하게 반대를 하였다.

1년 내내 같은 식사 자리에 앉지도 않았던 나의 아버지가
32개월 된 어린 손녀에게는 피아노 장난감을 사 주었단다.

아이가 가지고 싶다고 하지도 않았는데 사 주었으니
음대 진학 반대를 혹독하게 치른 나는
당혹스러운 마음까지 들었다.

음악 하면 밥 벌어먹고 살기 힘들다고,
어릴 때부터 음악 하던 애들도 가기 힘든 게 음대인데
이제 와서 무슨 음악이냐고,
천부적인 재능이 있는 것도 아니지 않느냐고
음악을 강력하게 반대하던 아빠였는데

동일 인물이 맞는 것인가?

아, 물론 그 고통의 시간(?)을 통해
스스로 구매한 첫 악기는
나의 로고가 되어 주었지만 말이다.

어려움의 시간들을
꿀잼으로 남기는 법.

하지만 수연아,
네가 음악 하겠다고 하면
이모는 결사반대야. ^____^

꽃이 보내는 시간

나와 다른 시차

✦

집에 꽃이 있으니
꽃병에 담긴 물을 버리고
새 물을 채우는 것으로 하루를 시작한다.

꽃병에 새 물을 담았는데,
오늘의 나도 채워 주는 기분이다.

아무리 물을 새로 갈아 주고
분무기로 골고루 수분을 뿌려 주어도

꽃꽂이 과정에서 상한 줄기의 꽃은

이내 죽어버리고 만다.

손으로 오래 잡고 있으면 꽃의 온도는 점점 올라가고,
꽃은 따뜻한 해를 만난 것 마냥
꽃잎을 더 활짝 열어 낸다.

더 활짝 피어난 아이들은
다른 꽃들보다 좀 더 일찍 빛을 떨어뜨리고 만다.

모든 꽃은 정해진 시간이 있지만
꽃이 지는 시간은
꽃이 만들어가는 것이다.

수요일에 꽂아 놓은 꽃인데
토요일까지 살아 있어 주어 고마운 마음이다.

✦

홈캉스를 준비하러 편의점에 갔다.

편의점을 주로 새벽 한두 시 즈음 가는데
편의점이 24시간 하지 않는 곳도 많아
그 시간까지 열려 있는 작은 편의점을 자주 갔다.

늦은 시각 들어가면 온기 가득한 목소리로 인사해 주시는 주인아저씨가 계셨다.

야식에 대한 엄청난 내적 갈등으로 고민 고민하다 계산대로 향하면 오래 고민한 내 손에 든 우유 하나를 보시고는 미안함을 털어놓으셨다.

"뭐 마땅한 게 없으셨어요? 가게가 작아서..."

형식적인 인사 외에 대화가 없는 곳이 편의점인데
사장님의 미안함이 느껴지는 순간 마음이 말캉해졌다.

그러다 언젠가 한 번은
"이렇게 늦은 시간에 혼자 다니면 위험해요.
조심해서 가세요."
걱정 어린 인사를 건네셨다.

그냥 친절하신 분이라고 생각했다.

며칠 뒤, 계산대에 못 보던 글귀가 붙어 있었다.

누가 봐도 나이 지긋한 어르신 글씨체(궁서체)인지라
아르바이트하는 분에게 누가 쓰신 건지 물었다.
(사실 사장님이 쓰셨을 거라는 예상과 기대함이 있었다.)

"저희 사장님이 쓰신 거예요. 예전에 작가셨대요."

사장님은 작은 편의점을 운영하면서도
늘 작가의 삶을 살고 계셨다.

누군가에게는 계산대에 붙여 둔 메모장 하나같아 보여도
나에겐 대형 서점 베스트셀러 칸에 놓인 책보다
눈에 잘 띄었다.

누구든 이 글귀 하나로 희망찬 하루를 살았으면 좋겠다는
바람이 가득 담긴 사장님의 메모 한 장이
종이 냄새나는 책처럼 느껴졌다.

기록을 남기려 우유를 핑계로 한 번 더 방문했는데
다른 아주머니가 계셨고,
계산해 주고 계실 때 그 메모를 사진 찍었다.

소녀처럼 수줍게 웃으면서 내게 말을 거셨다.

"우리 남편이 쓴 거예요."

"아, 사모님이세요?

어제 글이 너무 좋아서 알바생에게 물어봤었어요.
너무 감명받았다고 꼬옥 전해 주세요!"

"그럴게요."

너무나 환하게 웃어주셨다.

아티스트로 살아간다는 것,
그것은 무엇일까?

손님을 '사람'으로 대하는 예의와
온기 담긴 말을 먼저 거는 용기,
주름 가득한 미소에서 느껴지는
멋짐 폭발인 편의점 사장님의 삶은
그야말로 소울이 충만했다.

그리고 그걸 알아주는 단 한 사람이
곁에 있다는 것.
소울리스 말고 소울풀하게,
무엇을 하든 아티스트답게 살아야겠다.

작가 사장님께 내 앨범을 선물로 드려야겠다.

꼭, 꽃_ Main color: Purple

꽃 수업 기말고사(소논문 쓰는 기분)

✦

Red + Blue = Purple

양양피아노 로고의 건반은 Red,

글씨는 Blue,

합치면 보라색이 된다.

보라색은

우아함, 화려함, 풍부함, 고독, 추함을 나타내며

심리적으로 쇼크나 두려움을 해소해 주어

불안한 마음을 정화시키고 정신 보호 기능을 하기도 한다.

내 노래 '꼭, 꽃'은
3박자 계열의 Swing Waltz 곡으로
우아함과 풍부함을 담고 있으며

노래 가사 '꼭 꽃이 아니어도 괜찮아'는
인간의 고독함과 추함을 함축하고 있다.

빈티지 보라색 수국을 메인으로
두 개의 꽃병과 하나의 센터피스를 통해
제약된 공간을 마구 벗어나는
자유함을 표현하였다.

그와 동시에 세 개의 작품이
서로 맞닿아 있어

서로 다르지만 하나로 연결되는,
다르기 때문에 하모니가 이루어지는 우리의 삶을 표현했다.

그 작품은 사람 양희정으로 연결된다.

나 자신이 이미 '꽃'이라는 의미로
꽃 귀걸이에 보랏빛 팔찌를 착용했다.

늘 꽃이 되고 싶고
열매가 되고 싶었던
양희정은,

자신에게 이야기하고 있다.
'너는 향기 나는 사람이야.
그러니 이미 꽃이야.
너무 애쓰지 마.'

+

악보 '꼭, 꽃'

꼭, 꽃

작사 · 작곡 양희정

E C#m7 F#m7 A/B E C#m7
꼭 꽃 이 아 니 어 도 괜 찮 아
F#m7 A/B E C#m7 F#m7 A/B Bm7
꼭 꽃 이 아 니 어 도 괜 찮 아
E7 B♭7(#11) AM9 Am6/C G#m7
네 안 에 향 기 가 피 어
G#m7(♭5) C#7 F#m7 A/B E C#m7
나 니 꼭 꼭 꽃 이 아 녀 도
F#m7 A/B E C#m7 F#m7 A/B E C#m7
꼭 열 매 아 니 어 도 괜 찮 아
F#m7 A/B E C#m7 F#m7 A/B Bm7
꼭 열 매 아 니 어 도 괜 찮 아
E7 B♭7(#11) AM9 Am6/C G#m7
네 삶 에 온 기 가 가 득
G#m7(♭5) C#7 F#m7 A/B E
하 니 꼭 꼭 열 매 아 녀 도

꽃을 바라보듯

타인을 바라보듯

✦

태어나 처음,

나를 용서하기로 마음먹었다.

꽃을 바라보듯

나를 예쁘게 바라봐 주기로.

나를 향한 의지적인 사랑을

마음 깊이 심어본다.

사랑을 받는 것보다

주는 것이 미덕이라 여겼기에

사랑은 받을 줄도 모르면서
주는 흉내만 배웠더랬다.

'받는다'의 주체성은
내게 주어진 것이다.

상처도 사랑도 결국은 나의 선택이 아니던가.

안심하고 사랑받아도 돼.
충분히 누려도 될 만큼 아름다운 사람이야.

마지막 청첩장

24년째 친구인 친구들

✦

열두 살에 만나 24년이 흐른 친구들이 있다.
혜림이, 종호, 진석이, 신이, 동건이.

한 교회를 다닌 것 말곤
같은 것이 하나도 없다.

학교도, 직업도, 사는 방식도
심지어 같은 교회를 다녔어도 종교적 철학이 달랐으나,
그 다름을 자연스레 받아들일 수 있는
그런 부드러움이 존재한다.

치열했던 10대와 20대,
나의 유일한 기댈 곳이기도 했던 친구들.

나의 가장 못난 시간을 알고 있고
못난 생각들도 다 알고 있고
젊은 날의 치기와 방향 없던 열정과 의욕, 욕심과 이기심,
그 모든 수치를 아는 친구들.

세상의 불의함을 함께 토로하고
삶의 고통을 옆에서 지켜보고
교회와 신앙에 대해 고민하던 시간을 지나
서른다섯에 맞닿은 우리.

청첩장 받으려고 누군가를 만나는 건
아마도 진석이가 마지막이지 않을까?

여섯 명이 함께 가입한 '결혼 계모임'

맨 처음에 결혼하는 친구와
맨 마지막에 결혼하는 친구에게는

약속된 금액보다 20만 원씩 더 주기로 했는데.

마지막에 결혼하게 되어 20만 원 더 받을 사람,
바로 나, 양희정이다.

아니, 나를 제외하고 모두 결혼을 했기 때문에
20만 원은 따 놓은 당상인 셈이다.
결혼할 기미가 전혀 없고,
물가는 오르고, 현금의 가치가 점점 떨어지고 있어
내가 결혼할 때까지 기다렸다간
어마어마한 손실을 볼 듯했다.

결혼한 셈 치고 나의 곗돈을 돌려받음으로
우리의 계는 끝이 났다.

계의 목적이 '결혼 축의금'으로
목돈을 마련하기 어려운 사회 초년생들의
'목돈 축의금'이었기 때문에,
20만 원은 더 주지 않아도 된다고 했는데,
진심으로 내 마음은 그랬는데

그런데 20만 원이 더 들어왔다.

너무 행복하다.

독거 청년 주거 문제 해결을 위해 사용할게요.
사랑해요, 내 친구들 :)

꽃길

✦

결혼식에서 신랑, 신부가 지나는 길을
'버진 로드' 라고 부른다.
그 길은 꽃으로 만들어진 길이다.

오늘 버진 로드를 만들었다.

꽃을 꽂을 때는
꽃을 바라보는 사람의 시각이 중요하기 때문에
어떤 위치에 놓이느냐에 따라
풍성하게 표현해야 하는 곳이 다르다.

버진 로드 장식은 위에서 내려다보기 때문에
옆 파트보다 위 파트가 더 풍성하고 예뻐 보여야 한다.

위에서 아래로 떨어뜨리는 방향이어야
걸어갈 때 풍성한 꽃길을 걷는 것처럼 보인다.

30대 중반을 넘어서면서부터
결혼에 대한 주변 사람들의 질문은
직접적이거나 혹은 간접적인 표현에 빗대어 던져진다.

그렇다면, 정말 결혼을 꽃길이라고 말할 수 있을까?

경험해보지 않았으니 이야기할 수는 없지만,
꽃길은 비포장도로라고 누군가 이야기했듯
모든 일엔 양면성이 존재하는 것이겠지.

결혼을 하고 안 하고를 떠나서,
내 인생이 꽃길이었으면 하는 마음보다는

내가 걸어가는 길목 어딘가

작은 꽃 한 송이를 피워낼 수 있는
온기와 생명력을 가진 삶을 살고 싶다.

그 길이 내가 가고 싶은 꽃길이다.

Part 2

깨지고,

Good or Better

✦

현재가 'Good'은 아니어도
더 나은 것을 향해 아주 조금이라도 나아가고 있다면
그걸로 충분하다.

사실, 인생은 언제나 'Good'이지만
현재가 'Not Bad'라 느껴져도
내 방향 설정이 '더 나음'을 향해 있다면,
I can be anyone.

마음 이론(Theory of mind)

거울 신경 세포(Mirror neuron)

✦

상대의 행동을 무의식적으로 따라 하게 되는
'마음 이론'은
거울 신경 세포 중 하나의 작용이다.

어떤 것을 보고, 듣고, 자라나느냐가
중요하다고 말하는 이유는
아마도 이 마음 이론 때문이지 않을까?

필리핀의 빈민가 아이들을 만나
뮤지컬을 준비하는 손전등 프로젝트를 하면서,
아이들에게 애드리브를 알려 준 적은 없었다.

아이들 노래를 가르치는 조용우 선생님이
아이들이 부르는 노래에 애드리브를 몇 번 했을 뿐이었다.

그런데, 아이들이 그걸 그대로 따라 하는 것이 아닌가?

처음엔 너무 웃겼고,
두 번째는 기특했고,
그다음부터는 미안한 마음이 가득했다.

보여주면 이렇게 잘 따라 하는데
들려주면 이렇게 잘 부르는데
자주 만날 수 없고
그러니 보여주고 들려줄 수가 없어 속이 좀 상했다.

이 이야기를 읽고,
그대 마음에 들어온 온기를 밀어내지 마시길.

그대의 온기가 필요한 누군가의 곁에
오래오래 함께해 주시길 간곡히 부탁하고 싶다.

포털 사이트에 '마음 이론'을 검색하면 나오는

맨 마지막 문단을 적어 본다.

'우리는 깊이 생각하지 않아도
다른 사람들의 욕구, 믿음, 의도 등을
직관적으로 알 수 있습니다.
아이에게 밥을 떠먹이는 엄마가
아이를 향해 '아-' 하고 입을 벌리는 것은
자기가 입을 벌리면 아이도 따라서 입을 벌린다는 것을
직감적으로 알기 때문입니다.

이처럼 의식적인 판단 이전에
느낌으로 타인의 감정과 의도를 알아내는 능력을
마음 이론(Theory of mind)이라고 합니다.'

언젠가는

노인의 시간에 다다른다

✦

젊은 날엔 젊음을 모르고

사랑할 땐 사랑이 보이지 않았네

젊은 날엔 젊음을 잊었고

사랑할 땐 사랑이 흔해만 보였네

하지만 이제 생각해 보니

우린 젊고 서로 사랑을 했구나

- 이상은 노래 '언젠가는' 중 -

똘똘하고 아름다운 청년으로 살다
유연하고 우아한 노인이 되고 싶다.

젊다고 자랑할 것 없고
나이 들었다고 주눅들 것 없다.

누구나 젊음에서 살아가다
노인의 시간에 다다른다.

지금의 젊음은 거저 주어진 선물이라면
나중의 늙음은 내가 만들어낸 산물일 테니.

온기로 가득 채운 오늘을 빚어내자.

딜리버리 서비스

✦

서로 언어가 달라도
아이들을 잘 먹이고 싶은 마음은
통하기 마련인가 보다.

필리핀 현지 스태프(이자, 사회복지사의 남편)가
아이들 간식을 사러 가기 전에
생일인 아이가 두 명이 있어, 생일 케이크를 부탁했다.

30명의 아이들이
모두 나누어 먹을 양의 케이크를
사 오냐고 묻길래

"Of course!!"

대답했다.

그럼 원래 사 오기로 했던 간식은 사지 않고
케이크만 사 오냐고 다시 물어보는 것이 아닌가?
(한국에서 많은 사람들이 아이들을 위해
열심히 일한 마음들을 모아 보내준 돈이라는 것을 알기에
필리핀 현지 선생님들은 더 귀하게 사용하려 하신다.)

"노노노~~! 무슨 소리?!
간식은 간식이고, 케이크는 케이크지!"

나의 과장된 리액션과
아이들을 잘 먹일 수 있다는 생각에
현지 스태프의 크고 밝은 웃음소리가 교실에 퍼졌다.

아이들을 사랑하는 한국의 이모, 삼촌들의 마음이
케이크와 간식을 통해 넉넉하게 전달되었다.

외할머니

강원도 소녀

+

이틀 전부터 시작된 열과 구토가 가라앉지 않아
링거 한 대를 맞고 돌아왔다.

혼자 사는 집에 누워 있다가,
밤 10시가 다 되어 엄마의 집으로 향했다.

외할머니와 도란도란,
아침에 일어나면 고추 썰어 넣고
감자전을 해 주신다고 하기에 좋다고 이야기를 나누었다.

시간이 지나고 두통이 심해져 다시 집으로 돌아오려는데,

내가 간다는 소식에 할머니의 손은 바빠졌다.

내가 몇 시에 일어날지 몰라 감자전 만들 감자를
미리 갈고 계셨기 때문이다.

손녀가 그냥 가버릴까 할머니의 손과 발은,
그리고 마음은 다급하기만 했다.

자주 만나지도 못하고,
앞으로 해 줄 수 있는 시간이 많이 남지도 않아
한 번이라도 더 만들어 먹이고 싶은 할머니의 마음이
온 식탁에 뿌려진 부침가루 위에 그려졌다.

엄마가 파마하시라고 준 3만 원인데
만원 하는 미용실 다녀오셨다며
감자전 가방 맨 밑에 2만 원도 넣어 두셨다.

감자전은 거들 뿐.

할머니에게 어디로 여행 가고 싶으시냐고 물었더니
살았던 동네 태백이 가고 싶다고 하셨다.

당신 죽고 난 뒷자리는 거기에 하고 싶다고.

“우리 희정이가 좋은 일을 많이 해서 이뻐.
아는 사람이 필리핀 선교 간다고 그래서
모아둔 돈 쪼금을 줬는데,
너도 필리핀 갈 줄 알았으면 너 줄 걸 그랬다.
미안해.”

사랑은 늘 미안한 것인가?
소녀같이 사랑스러운 우리 할머니.

강원도 소녀의 감자전은
다음날 아침까지도 맛있었다.

내버려 두는 시간

✦

식물에 물을 줄 때
아주 흠~~~뻑.

물이 흙과 흙 사이를 모두 지나
물 받침대로 흘러나올 때까지
충분히 줘야 한다.

그렇게 매일, 자주 주면
더 잘 자랄 것 같지만,
식물은 자기가 필요한 양의 물을
충분히 흡수해 두기 때문에

화분에 손가락을 넣어 흙을 만져보고
흙에 수분감이 없을 때 똑같은 방법으로
또 물을 주는 것이다.

그냥 그렇게 조금은 '내버려 두는 시간'이 있어야
그다음 물줄기를 흘려보낼 순간을 알아차릴 수 있다.

그렇게 생각하니
생명을 지키는 일이 생각보다 그리 어려운 일이 아닐 수도
있겠다는 걸 깨달았다.

생명은 자생력을 가지고 있으니까.

스스로 필요한 양의 물을 흡수해 두는
식물들처럼 말이다.

잦은 물줄기나 지나친 기다림(메마름)의 시간은
오히려 생명을 앗아가게 될 테니.

식물을 처음 키우는 나를 기다려주듯,

아이비는 잘 버텨주었다.

'내 생명의 어느 정도는 내가 컨트롤하고 있으니
넌 너의 최선을 다해 봐.
네 마음 다 알아.'

때를 따라 온몸과 삶의 구석구석마다
식물에 물줄기가 흐르는 듯
생명력이 넉넉한 시간도 있고,
곧 메말라 버릴 것만 같은
갈급한 기다림의 시간도 찾아오겠으나,

그 모든 시간 속에서도
우리는 우리의 자생력을 믿고,
생명을 지켜내고 키워내야 한다.

그러기 위해,
우리는 우리를 내버려 두는 시간이 반드시 필요하다.

꽃 한 송이 선물하실래요?

그럼 꽃을 '만드는 시간'까지 함께 선물하시는 거예요

+

TV의 어느 연애 매칭 프로그램에서
꽃 선물을 받는 것은
꽃집에서 꽃을 기다리는 어색한 시간까지
모두 포함된 거라는 이야기를 했다.

꽃이라는 게 그렇다.

받는 이도 행복이고,
주는 이도 행복이고,
만든 이도 행복이다.

한국에 사는 외국인 친구들이
여러 이유로 인생의 큰 상처를 떠안게 되었다.

친구들의 상처를 모두 씻어 내줄 수는 없지만,
잠시라도 그 고단함을 내려놓고
마음껏 누리게 해주고 싶었다.

내가 꽃을 만지며 그러했듯
이 행복을 나누고 싶어 꽃 클래스를 선물을 기획하게 되었다.

꽃을 만드는 시간을 선물하는 일,
꽃 한 송이를 선물하는 일만큼 멋진 일이다.

아프고 약한 이들에게
아름다운 향기가 깊게 밴 시간을 선물할 수 있도록
마음을 모아 준 분들에게 감사의 인사를 전합니다.

골든 타임

✦

지난 시간들을 돌아보았을 때
후회 없는 순간이 없는 이 누가 있겠냐마는

계속 후회만 하고 있을 수는 없기에 어떻게든 앞으로
한 발을 내디뎌 보는 것이 우리의 오늘 아니겠는가?

그 한 발, 한순간, 찰나가 모여
오늘 하루가 되고 미래가 될 테니.

그렇다면 우리의 모든 순간이
삶의 골든 타임인 셈이다.

+

지난 금요일 밤.
꽃 선생님이 내가 있는 제주에 오셨다.

금요일 공연의 관객이 예상만큼 많지 않아
걱정하는 마음을 메시지로 보냈었는데
여섯 명의 관객을 보내 주신 것도 모자라
직접 비행기를 타고 오셨다.

그리고 함께 오신 다른 선생님께서는
아티스트와 관객들을 먹이시겠다며
과일과 차를 직접 가져오셨고,

담아낼 그릇과 접시까지 챙겨 오셨다.

미쿠니(제주 카페) 사장 친구 녀석은
공연을 위해 장사도 조기 마감했는데
본인의 티켓값을 내고
공연 관객들이 사서 마신 음료 값을
모두 새벽의 집에 헌금했다.

오신 분들 모두 공연에 큰 여운을 남겨 주셨고,
마음으로 함께해 주셨다.

그것은, 사랑이었다.

벌어진 틈 사이사이를
다 메워버릴 만큼의 넉넉한 사랑이었다.

이유 없는 사랑이며,
충분하고 따뜻한 사랑이었다.

모든 마음의 찌꺼기들을 다 가라앉혀버린
말로 설명할 수 없는 감정이었다.

그 감동이 일주일이 지난 지금에서야
제대로 느껴진다.

아무것도 느낄 수 없었던 시간을 지나
이제야 그 사랑을 맛보게 되었다.

하염없이 눈물이 흐르고 있고
이 눈물이 참 반갑다.

꽃이 피어날 때,
'옆에 있는 꽃은 얼마나 피었나?'
비교하고 살피면서 피어나진 않는다.

그냥 필 때 피는 거고,
그 생이 다하면 지는 것이다.

✦

"On ne peut servir Dieu qu'en servant les autres."

'길'이라는 게,

걷다 보면 갈림길이 나오고,

좁아지기도 하고,

넓어지기도 한다.

어느 길목에 다다르면

갈림길에 서서

나와는 다른 길을 걸어가는 친구를 바라보기도 하고

새로운 친구가 손을 내밀기도 한다.

결국, 삶은 혼자서 해 온 일이 아니고
혼자 할 수 없을뿐더러
어떤 모양과 방식이든
언제나 함께 하는 이들이 있다는 것이다.

맨 위에 적은 문장은
한국에 방문해 우연히 만났던
프랑스 목사님이 하신 말씀이다.

"사람을 섬기는 것으로만 하나님을 섬길 수 있다."

신을 사랑한다는 것,
섬긴다는 것은

예배라는 예식과 양식과 형식만으로는
할 수 없다는 뜻이 아닐까?

살아가고 있는 '삶' 자체가 '예배'이면 간단한 문제일지도.

화분 속, 흙 사이사이는 어둡다

그 어둠 사이로 생명이 흐른다

✦

빛이 들어갈 틈도 없이 좁디좁은 흙 사이에도
물은 흐르고 스며들어 생명을 전해 준다.

앤디 워홀의 판화 기법을 사용하는 팝 아트는
옅은 색부터 진한 색 순서로 칠하고,
맨 마지막에 검은색으로 음영을 준다.

그러면, 그림에 없던 생기가 생겨난다.

'사랑장'이라 불리는
고린도전서 13장에 나오는 사랑은 검은색과 닮았다.

새하얗고 너무 깨끗해서
혹여나 누군가 만져서 더러워질까
전전긍긍하는 것이 아니라,

옅은 색을 잘못 칠하면
덮을 수 있는, 커버할 수 있는,
품이 넉넉한 검은색 말이다.

"사랑은 모든 것을 덮어 주며,
모든 것을 믿으며,
모든 것을 바라며,
모든 것을 견딥니다."
- 고린도전서 13장 7절 RNKSV -

누리달 열아흐레

6월 19일, 생일의 순 한글

✦

'온누리에 생명의 소리가 가득 차고 넘치는 달'
이라는 뜻의 '누리달'
그것은 정말로 생명의 소리가 가득 차고 넘치는
6월을 뜻한다.

봄에 피어난 부끄러운 새싹들이
너도 나도 푸르름을 뽐내며 생명을 펼쳐내는 달이니 말이다.

생명의 소리를 음악에 담아내는
아티스트가 되어야겠다.

순삭

✦

순간의 찰나가 모여
하루라는 이름이 된다.

그러니 너무 거대한 하루를 꿈꾸지 말고
모든 찰나를 응원해 보자.

자생력 + 지속가능성

튼튼 + 든든

+

스스로 살길을 찾아 나가는 능력이나 힘에
지속 가능성을 더하는 것은 중요한 포인트이다.

지속 가능성은,
무언가를 꾸준히 한다는 일차원적 의미를 넘어

불확실한 미래에도
사람과 환경에 최선을 더해 줄 수 있는
계획과 활동까지 포함해야 한다.

학생들을 가르치다 보면

습득이 빠른 친구들이 있고, 좀 느린 친구들이 있다.

사람마다 배우는 방법과 익히는 속도가
모두 다르기 때문에
차이가 생기는 것은 당연한 일이다.

조금 앞선 것을
뒤따라오는 이를 비난하는 데 사용하지 않고
뒤처진 이를 돕는데 사용한다면
그 차이마저 아름다움으로 물들게 된다.

힘겨운 복근 운동도
못할 것 같은 순간을 매일 마주해야 근육이 생기듯,
멋진 일에도 꾸준함을 함께해 줄 메이트가 필요하다.

트레이너 선생님의 격려와 코칭이
운동하는 학생에게 큰 원동력이 되듯이.

튼튼한 자생력 옆자리에
든든한 지속 가능성을 가지고 살아가자.

선물에 담긴 것은 나의 의미

+

선물에는 선물하는 이의 의미가 담겨 있다.

매번 나의 끼니를 물어보는 사람은
나를 먹이는 사람이 되고 싶은 사람이다.

무엇이든
나에게 최고로 좋은 걸로 해주고 싶어 하는 사람은
내게 가장 좋은 사람이 되고 싶은 사람이다.

내가 하는 선물에 나의 의미가 담겨있듯이.

선물할 상대가 지금 필요한 것이 무언인지 들여다보고
필요한 것을 선물할 때,
그 사람에게 내가 필요한 사람이기를 바랄 때였다.

내가 나에게 선물했던 것도 들여다보면
스스로가 어떤 사람이 되기를 바라는지 엿볼 수 있게 된다.

사람과 사람 사이의 관계는 아주 복잡하지만,
생각보다 아주 단순하게 결론에 도달할 수도 있다.

'이 선물의 의미는 뭐야?
모든 선물에는 의미가 담겨 있잖아.'

내게 물어온 말 한마디에
나의 의미를 다시 생각해 본다.

잡을 수 없는 손

✦

지금 내가 바로 잡을 수 있는 손,

그 손의 주인이 우리의 이웃이 아니라

잡고 싶어도 닿을 수 없어 잡을 수 없는 손의 주인,

'잡아야 할 손의 주인'이 우리의 이웃이어야 한다는 말에

모든 걸 멈추게 되었다.

내가 의도하지 않았어도

만날 수 없는 이웃이 존재하는 것이다.

너무 많은 이웃들이 생각나서 부끄러웠다.

그만큼 눈과 귀를 닫은 채
살아왔다는 이야기가 되기도 하니 말이다.

수많은 '다름'으로 인해 고통받는 이들이 많은데
그중 누구의 손을 찾아가 잡을 것인지 물어야 한다.

그 어떤 다름과 차별도
특별함으로 끌어안으신 예수처럼.

선생님들

✦

먼저 생을 살았다고 해서
모두가 나의 선생님이 될 수 없다.

인생에 존경하고 사랑할 수 있는 선생님이
세 분이나 계시다는 것은 엄청난 일인 게 분명하다.

선생님들의 사랑과 가르침 덕분에
이렇게 멋지게 삶을 살아갑니다.

가르쳐 주신 귀한 것들 잊어버리지 않고
꾸준히 노력하고 애쓰며 살겠습니다.

餘白

여백이 중요하다

✦

남을 여(餘)

흰 백(白)

빈자리, 바로 그곳.

과거의 친구로부터

노래하는 조용우

✦

"신앙생활을 어떻게 하고 있는지는
사람들과의 관계 속에서 드러나는 것 같아."

"어쨌거나 관계의 소용돌이 안에서
낮은 자세를 취하는 사람이
시간이 흐른 뒤에 후회가 덜 하지 않겠어?"

"네가 쓰레기 보고 재활용이라고 한다고
쓰레기가 재활용되냐?"

베르에블랑 처음 놀러 갔던 날,

사진에서 느껴지는 바람과

용우 오빠의 이야기들이 잘 어울려서

충분히 행복한, 주일 오후.

빵과 포도주

✦

그리스도의 살과 피를 나누는 성례전.

예수께서 잡히시기 전 날
제자들과 모여 나누신 살과 피는,

그리스도의 몸을 상징하는 떡과
피를 상징하는 붉은 포도주를 먹고 마셔
'나(그리스도)를 기억하라'는 메시지이다.

'기억'은 머리로 하는 것이 아니라
몸으로, 삶으로 해야 한다.

암송했던 말씀 구절이 시간이 흘러도
입에서 술술 흘러나오듯 배어 있어야 하는 것이다.

예수가 배고픈 이들의 밥으로 사셨던 것처럼
나도 밥이 되어 먹히는 사람으로 살겠다는
다짐으로 살아갈 때
그리스도의 성례전은 진짜 기념되는 것이다.

우리를 통해서.

웃음

✦

넌, 나의 유일한 웃음.

너는 내게 '봄스럽게 살아보자'는 다짐.

그림 그리고 노래하고.

딱 떨어지게 행복한 오늘.

제주에 사는 분들이나

제주에 쉬러 오신 분 구분 없이

우리 모두, 서로에게 참 좋았던 음악회로

기억될 것 같다.

내 노래를 들어주고
노래에 담긴 이야기에 공감해 주고,
그리고 같이 웃고, 울고.

공연할 때 더 깊이 느낄 수 있다.
나는 사랑받는 아티스트라는 걸.

20140416

✦

오늘은 눈물을 참지 않기로 합니다.

마음껏 그리워하고 슬퍼하고 미안해하기로 합니다.

✦

무언가를 기억하는 방법은 여러 가지이다.

기록을 하기도 하고,
입으로 되뇌어 암기하기도 하고,
또 어떤 기억은 굳이 애쓰지 않아도
마음에 콕 박혀버려서 저절로 기억이 되기도 한다.

작곡집 앨범의 마지막 장,
땡스 투에 적었듯

나는, 노래를 지어 부르며

부르는 노래처럼 살겠다고 이야기했다.
그렇게 삶으로 기억하겠노라고…

아픔의 순간을 기억하기 위해
노래 한 곡의 가사를 적어 내며
오늘의 음악회를 다시 회고해 본다.

다시, 봄

양희정 곡

깨어지고 흐트러진 마음들
민망하고 속상한 시간들 속

그대 이야기 한 줌 / 내려놓을 곳이 없네

그대 무얼 잘못했나 / 우린 무얼 하고 있나

사랑으로 모여 / 미움을 흘리고

정의를 말하며 / 이익을 구하네

스스로 닫아버린 귀 열어
섬세한 들음이 있게 하소서
감아버린 눈을 떠
섬세한 돌봄이 있게 하소서

닫아버린 귀 열어
섬세한 들음이 있게 하소서
감아버린 눈을 떠
섬세한 돌봄이 있게 하소서

Part 3

바라보고,

無努

✦

공간이 주는 쉼표 하나,
제주 작은 서점 '무노'.

'애쓰지 않는다(무노)'는 단어를 처음 만났을 때는

'어떻게 애쓰지 않고 살 수 있겠어?
애쓰지 않고 살아가려면
이미 모든 것을 갖춰놓아야 그럴 수 있을 것 같은데?'

하고 생각했다.

그래서 서점 주인장님은 나보다 나이도 많고
이미 많은 것을 가지셨다고 생각했을 수도 있다.

그런데, 많은 것을 가진 것이 아니라
많은 것을 누리고 계시는 분이었다.

애쓰지 않는다는 것은
아무것도 하지 않는다는 것과는 다르다.

나는 '무노'를
모든 일에 최선을 다하여 임하되,
자신의 한계를 자각하고 인정하여
몸과 마음, 영혼, 감정 그 무엇이든,
스스로를 망가뜨리면서까지
애쓰는 것을 과감하게 하지 않는 것이라고 정의했다.

우리는 얼마나 애를 쓰며 살아가고 있는가?

내가 애쓰며 살아가는 사람이 아니었다면
'무노' 이 단어가 마음에 와서 콕 박히는 않았을 테니까.

타임 랩스

과정의 기록

✦

같은 재료를 나눠주어도
받은 이마다 다른 작품을 만들어내는 것이 예술이다.

그리고 서로 다른 사람들의 작품은 연결되어
결국은 질서의 하모니를 이루어 낸다.

우리는 모두 다르다.
아니, 각각 모두 달라야 한다.
그리고 그 다름은 존중받아야 한다.

내 삶은 결정된 결과물이 아니라,

타임 랩스로 찍히고 있는 과정 중이다.

만들어 가는 과정이든,
만든 것을 풀어 가는 과정이든
우리의 모든 과정은 경이롭다.

"As surely as I live, all the earth will be filled with the glory of the Lord."

✦

"And the once that announce that is us.

So, every time you play, every time you play,
you are bringing the Kingdom of god too, we are.

So, I ask the Lord to just guide you and protect you as you go announcing His presence everywhere you go. Feel free.

So, don't worry about how you play.
You are beautiful, you have a gift, you know."
- Abraham Laboriel -

2017년, 세계적인 베이시스트 아브라함 라보리엘과 연주 후 그가 내게 해 준 이야기.

입김

후우~

꽃의 줄기를 손바닥으로 감싸고,
따뜻한 입김으로 '후후-' 불어 주면
웅크려 있던 꽃잎이 활짝 피어난다.

아직 봄이 온 것은 아니건만
꽃줄기를 통해 내 손의 온도를 나누어 주고
따뜻한 바람 노래 한 자락을 불렀을 뿐인데
꽃잎은 '활-짝' 봄을 맞이한다.

나의 온기는 꽃을 피어나게 한다.
나의 온도는 꽃의 생명력을 전달한다.

나는 생명이다.
생명은 다른 생명을 보호하고 보존해야 한다.

생명은 생명을 살릴 수도 죽일 수도 있다.

주어진 삶의 길이가 다를지라도,
우리는 모두 생명으로 살아간다.

너무 수평 맞춰서 찍지 않아도 돼

편집할 때도 수평을 맞추게 되는걸?

✦

사진 찍을 때마다
귓가에 울리는 음성이지만
기어코 수평을 맞춰 찍게 된다.

위, 아래, 양옆의 여백과 수평이 맞을 때
누릴 수 있는 안정감이 있다.

화병에 꽃을 꽂는다는 것은
그냥 한 묶음을 넣으면 되는 일인 줄 알았는데,

기법으로 꽃들의 위치와 모양을 잡고 화병에 넣으니

오히려 더 자유로워 줄기들도 춤추는 듯 예쁘다.

질서 속의 자유로움.
자유로움은 무질서가 아니다.

하지만 수평을 꼭 맞추지 않아도 된다는 말에는
동의한다.

수평을 꼭 맞춰서 찍어야 한다는 것을
의식조차 못하고 있는 나를
자각하게 해 준 이야기였으니까.

지나온 모든 것 돌아보니

한 해를 마무리하며

+

사람을 잃기도 얻기도 했습니다.
사랑을 받기도 미움을 받기도 했습니다.

10년 뒤돌아보면 '참 어렸었다' 할 텐데도
세상을 다 아는 것 마냥 생각하고 살았습니다.

언제나 진심을 다했고, 최선을 다했습니다.

그 진심과 최선들이 항상 잘 전달되는 것은 아니었지만
낙심하지 않았습니다.

모든 것을 설명할 수 없고
모두를 설득할 수 없으니까요.

새해에는 사람들의 관계 속에
바람 한 자락 지날 정도의 거리를 두겠습니다.

몸과 마음을 잘 지키겠습니다.

해야 할 공부와 빚어내야 할 노래들을
게을리하지 않겠습니다.

내가 소중하면 다른 사람도 똑같이 소중해지는
건강한 개인주의를 가지려 애쓰겠습니다.

그래서 새해엔 올해보다
아프고 약한 사람들 곁에
더 가까이 다가가려 노력하겠습니다.

예수의 행복이 깃든 곳에 함께 하겠습니다.

건강한 프리즘으로 바라봐 주시는 모든 분들

고맙습니다.

주신 마음과 사랑을 잘 기억하여
그 사랑이 필요한 곳으로 흘러갈 수 있게
잘 흘려보내는 사람이 되겠습니다.

"지나온 모든 것 돌아보니, 주의 영이 함께 함이라."

Prism

어떻게 통과해 낼 것인가?

✦

어떤 프리즘을 투과하느냐에 따라
비치는 모양과 현상은 다를 수밖에 없다.

양희정이라는 프리즘이
미움, 다툼, 시기, 질투를
생산해 내지 않기를 바랄 뿐이다.

사랑, 평화, 인정, 존중을
비춰 내지는 못할지라도.

마음을 다스려 본다.

기분이 안 좋을 때는
생각 전환을 빠르게.

만드는 내내 행복했던 시간을
수면 위로 체인지.

Cone Tree

꽃으로 삼각형 만들기

+

태어나 콘트리 라는 걸
처음 봤고, 처음 만들어 봤다.

베르에블랑에서 하는 모든 것이 처음이다.

서툴러도 괜찮고,
좀 삐뚤삐뚤해도 괜찮다.

생명을 가지고 있다는 것
그 자체로 예술이니까.

난 오늘도
내 작품이
마음에 '쏘옥-'
들어버렸다

✦

이렇게 저렇게 나와 관계가 생긴
여러 부류의 모든 사람에게
잘 보이고 싶다거나 잘 지내고 싶은 마음은 없다.

그러니 같은 팀이라고 해서,
같은 커뮤니티라고 해서,
같이 무언가를 한다고 해서
모두에게 나의 특별함을 나누어줄 수는 없다.

그리고 나도 상대에게 그것을 바래서는 안 된다.

모두와 잘 지내고 싶어 하는 성향이 강하지만,
마음은 싫은데 겉으로 표현할 줄을 몰라
이리저리 이끌리는 관계를 이제는 청산해야 한다.

그 에너지를 보다 좋은 곳에 사용해야 한다.

내 곁에 가까이 있는 소중한 이들에게
마음 다해 같이 울고 웃으며 집중하는 것부터 해야겠다.

괜찮은 척하거나
잘 지내고자 억지 노력은 하지 않아야 한다.

상처받을 타인이 아니라,
보호하지 못한 나를 위해서.

하나님 나라는,
투박하고 서툴지만 진심과 예의가 뒤섞인 관계 안에서
실현 가능할 테니.

예수님도 그렇게 많은 질투와 시기를 받았는데,
내가 어떻게 모두에게 좋은 사람이 될 수 있을까?

非定型

I want you just the way you are

✦

모든 자연은 정형으로 이루어진 것이 없다.
그래서인지 같은 종류의 꽃도
줄기마다 꽃잎마다 모양이 다 다르게 생겼다.
다르게 생긴 것은 자연스러운 것이다.

그것은 우리네 모습과도 닮아있다.

줄기를 가지런하게 정리하여
딱 떨어지게 꽂을 수도 있었겠지만

줄기와 꽃, 나무와 잎사귀가 가진 모습을

있는 그대로 내버려 두면서도 작품을 완성해 가는 일은
그 얼마나 멋진 일이던가.

아직 피어나지 않은 몽우리가
꽃으로 피어나 차지하게 될 자리도 비워주는 것,
있는 모습 그대로를 받아들이는 훈련의 시작이다.

꿈 이야기

✦

꿈을 꿨다.

지나간 사람들에 대한 꿈이었다.

지나간 시간들에 대한 꿈.

여러 상처와 후회와 아쉬움들이 뒤엉켜

어쩔 줄 몰랐었는데,

이제야 하나씩 소화가 되나 보다.

갑자기 세상을 떠난 언니와

후회로 얼룩진 관계들,

아쉬움과 안타까움으로 가득한 시간들까지 모두.

마음과 머릿속이 정리되지 않을 때면
몸을 움직이는 것을 선택한다.

운동을 하거나, 미뤄온 병원 진료를 다녀오거나.
집안 가구를 재배치하거나.

이렇게 인생의 한 단락을 넘어가게 된다.

꿈을 꾸다 속상함에 울기도 했지만
찾아온 아침이 반갑지 않을 이유가 없다.

좋은 아침.

Out of focus

또렷함이 정답은 아니니까

✦

한 걸음 물러서서 바라보면
가까이에서 볼 때보다는 흐릿하지만 시야가 넓어진다.

눈을 반쯤 감고 바라보면,
음영이 더 도드라지게 보이기도 하듯이.

내 인생을 언제나 선명하게 바라보려고
최선을 다해 초점을 맞추고 살아왔지만,
한 번씩 초점을 흐트러트려주는 것이 필요하다.

초점을 아예 잃어버려도 나쁘지 않다.

흐릿함의 기억이 선명함의 아로새김보다
더 강한 영감을 주기도 한다.

쉼표, 숨표

하고 싶은 이야기가 많을수록, 쉼표와 숨표

✦

내가 만드는 노래엔 쉼표가 많다.

여러 이유가 있겠으나
예술이라는 것은 작가가 가진 것 안에서
버무려진 것들이 나오기 마련이니
부를 수 있는 노래를 쓰게 되는 것이 아닐까?

'숨'을 '쉰다'는 것.
의식조차 하지 못하고 살아가지만,
들어온 숨을 쉬어내 다시 뱉어내는 일은

이 땅에 태어나 스스로 해야 하는
가장 중요한 첫 번째 미션이다.

어떻게 살아야 할지에 대한 고민은 많이 해 왔지만,
어떻게 죽을 것인가에 대해서는 얼마나 생각을 해왔던가?

생을 마감할 때 어떻게 죽고 싶은지 고민해 보면
어떻게 살아갈 것인가에 대한 답이
자연스레 도출된다.

시편 23편

✦

결혼식 축가로 많이 부르는 노래이자,
죽음을 앞둔 많은 환우들이 필사로 가장 많이 적는 시.

간암 투병을 하셨던 할아버지가
매일 읽으셨던 말씀이고,
한 언니는 결혼식 축가로 부탁했던 노래였다.

지난 주말,
가깝게 지내던 언니의 엄마이자
내게는 거침없이 등짝 스매싱을 날리시던 권사님이
갑작스러운 사고로 돌아가셨다.

권사님이 의식이 없으신 채 병원에 계시다는 문자에
할 말을 잃었고,
사역을 가던 길에 돌아가셨다는 연락을 받았다.

아무것도 할 수 있는 게 없었다.
그리고 중요한 것도 하나도 없었다.

언니의 비밀 연애를 모르는 척 거짓말을 해
권사님의 눈 째림을 좀 받긴 했어도
교회에 나를 보고 싶어 찾아온 사람들이 있을 때마다

"내가 양양이랑 친해~"

하시며, 본당 저 멀리서 낯선 이의 손을 꼭 잡고
내게 데려오시던 그 웃음과 표정,
목소리, 사랑, 그 따스함이
아직도 고스란히 남아있다.

언니의 비밀 연애를 결혼으로 성공시킨 덕에
결혼식 반주 때 등짝 스매싱 한 대를 맞기로 했었는데,
권사님이 계시지 않아 그럴 수가 없다.

갑작스러운 이별에 많은 이들이
아프고 슬프고 괴로웠다.

이 노래처럼 #아멘이 많이 나오는 노래가 있을까?

반복되는 표현은 강조라던데,
노래 끝에 여섯 번이나 나오는 이 아멘은
아마도 자신을 향해 외치는 처절한 설득이자
눈물의 고백이지 않을까?

'내가 여호와 집에 영원토록 거하리로다. 할렐루 할렐루야.
아-멘
아-멘
아-멘
아-멘
아-멘
아-멘'

노래 녹음

내 입에서 나와 내 귀로 되돌아오는 음성

✦

내 이야기가 담긴 노래를
내가 부르니
그야말로 대체 불가이다.

In. 송파동 행복공작소

오해

그릇되게 해석하거나 뜻을 잘못 앎

✦

그러니까 오해라는 건,
내가 뭔가를 잘못해서 생겼다기보다
나를 바라보는 누군가의 그릇된 해석으로부터
생기는 경우가 많다는 이야기이다.

'그건 오해다'라고 설명하고 싶지도 않지만,
상대가 오해하고 있다는 것을
알아채는 것 또한 알아채기 어렵다.

오해가 시작되었더라도,
앞에서 바로 이야기해 주면

서로를 생채기 내는 일은 없을 것이다.

먼저 이야기를 건넨다는 것은,
무엇이 되었든 양방향 소통을 원한다는 것이니
대화가 가능할는지도 모르겠다.
(간혹, 이미 가진 생각으로 꽉 막힌 대화가 진행되는 경우도 있다.)

그 오해를 만들고 싶지 않아
스스로 눈치를 보며 괜찮은 척하며 살아온 시간이 있었다.

그러다 보니 나도 나를 숨긴 채 사람을 대했고,
가진 의도와는 다른 오해를 많이 받는다.

나를 싫어하는 것 같은 사람에게는
마음에 없는 관용과 친절을 베푸는 게 마음이 편할 만큼
누군가로부터 받는 미움이 싫었다는 게 솔직한 마음이겠지.

미움받고 싶은 사람은 없을 테니까.

그러나 관계 안에 해석의 오류는 늘 존재한다.

그 오류가 이해가 되어 잘 덮어지기도 하고,
오해가 되어 커지기도 할 뿐이다.

그래서,
우리는 말을 해야 한다.
내 마음의 언어화.

의존

인간다움의 기본적인 자세

+

무언가에 의존한다는 일은,
온몸을 다 기대는 것이 아니라
손이라도 하나 '툭-' 올려 두면
마음에 안심이 되는 마음의 닻이다.

흔들의자가 처음인 작은 아이는
이모가 왼팔로 온몸을 휘감아 안고 있어도
본인의 작은 손 하나를 이모 무릎에 올려 두어
마음의 닻을 내리는 게 우리 모습 일 테니.

의존은 아름다운 일이다.

+

창조 세계 앞에
어떤 비유를 할 수 있을까?

미움과 시기,
질투와 억울함,
서운함과 속상함 모두
나의 아름다움을 갉아먹는 일일뿐이다.

이렇게 아름다운 하늘 아래에
우리는 아주 작은 하나의 존재이다.

그와 동시에 우리는

창조 세계의 걸작이니

행복해야 할 이유가 너무나 충분한 밤이다.

좋음과 나쁨은 맞닿아 있더라?

신(信)이 있어야
배신(背信)도 가능한 법.

배신이라는 건 모르는 사람에게 당하는 게 아니더라.
데면데면한 사이에 져버릴 믿음은 존재하지 않으니까.

이미 충분히 아름다워

"쌤은 어떻게 그런 말을 하세요??"

양양피아노 오선 노트 중 한 권의 앞표지가
잘못 인쇄되어 거꾸로 된 게 있었다.

판매할 수 없는 노트는 보통 신나서 내가 그냥 쓰는데,
그날 학생이 노트를 탐내는 것 같아
쓰던 노트여도 괜찮으면 주겠다고 했다.

흔쾌히 좋다 길래,
짧은 메시지를 적어주었던 기억이 난다.

워낙 가까운 사이인 학생이라,

취업과 진로 사이에서 고민하고 있었던 것을 알고 있었다.

불확실함으로 가득한 20대의 고민을 잘 알기에
내가 20대에 들었으면 좋았을 것 같은 이야기를 해주었다.

"나도 오래 산 것은 아니지만 돌아보면 인생이라는 게,
계획한 것보다 계획하지 않은 대로 흘러가는 게
훨씬 더 많더라.

그래서 우리 같은 쫄보들은 이것저것,
모든 경우의 수를 동원하여 고민을 오래 해보지.

그런데 그 모든 계산이 다 틀리는 경우도 많아.
지금 처해있는 상황으로부터 벗어나지 않으면
새로운 무언가를 만나기는 어렵지.
그리고 새로움은,
떠나본 사람만이 누릴 수 있는 특권이더라."

그 친구 오선 노트에는 이렇게 적었다고 한다.

'예진아.

살다가 혹여,

사람들이 너의 겉모습을 보고

이상하다고 말할지라도

너는 이미

충분히 아름답다는 걸

언제나 기억해.'

나의 꽃 선생님이 되실 줄 모르고 해주신 이야기

우린 더 오래 보는 사이가 되었다

✦

오늘은 베르에블랑에서
들꽃을 골랐다.

예쁜 사장님 말씀해 주시길,

“어머, 오늘은 들꽃을 고르셨네요?
지금 이렇게 활짝 핀 아이들이 질 때면,
옆에 아직 꽃피우지 않은 아이들이 만개할 거라
더 ‘오-래’ 볼 수 있을 거예요.”

누구나 활짝 펴고,

누구나 스르륵 진다.

활짝 필 때의 행복을 누리고
멋지게 지는 꽃이 되어 보자.

양양피아노 로고의 시작

✦

내 첫 악기, 노드 일렉트로 3(Nord electro 3).

돈이 정말 없었던 이십 대 초반.

영롱한 빨강의 자태를 뽐내는 노드를 처음 보고는
너무 예뻐서 가지고 싶었다.

악기의 특성이나 음색도 좋았지만,
그야말로 시선 강탈이었다.

실용음악 학원에 출강하며 번 돈에서

자취하던 생활비를 빼고,
십일조까지 떼어 내면
야식으로 치킨을 누리는 행복은
한 달에 한 번쯤으로 만족해야 했다.

그 빠듯한 살림에 5만 원을 따로 떼어
적금을 넣었고, 노드를 샀다.

사람들은 양희정이 돈을 많이 벌었다고 말했지만,
양희정은 돈을 '오-래' 모았던 것이다.

양양피아노의 트레이드마크가 되어버린
나의 빨간 건반과의 숙명 같은 것이었겠지.

팔꿈치 정도?

모든 것을 오픈하지 않아도 되니까

태어나 처음 독립이라는 걸 했고,
지금까지의 2년은 나름 꽤 괜찮았다.

SNS에 올리는 삶의 일부인 모습들은
내 삶 전체 중 팔꿈치 정도를 보여주는 것이랄까?

그래서 꽤 멋지고 독립적이며
진취적인 프로 독립러로 보였겠지만,
모든 것을 오롯이 혼자 해결해야 하는 생활이
고단하기도, 적적하기도, 쓸쓸하기도 한 것이
1인 가구의 숙명이다.

하지만, 그 순간들은 하나도 빠짐없이
아름다웠다 말할 수 있다.

서툰 것이 많았던 첫 독립생활에 든든한 울타리가 되어 준
마곡역 센트럴 푸르지오 시티를 떠난다.

첫 독립 거주지라 그런 것인지,
처음인 순간을 많이 마주한 곳이라서 인지 모르겠지만,
기분이 매우 이상하다.

나름 미니멀리즘을 실천하며 산다고 했지만
이사 가며 정리해 보니
작은방 한 칸에 버려야 할 짐들이 잔뜩이었다.

다음 거주지에서는
덜 욕심내며 더 간소하게 살아봐야겠다.

모든 새로움은 익숙함을 옆구리에 함께 데려오니까,
나는 또 다른 새로움을 맞이할 준비가 되어 있다.

SNS에 올릴 새로운 팔꿈치를 위하여.

세상에 한 명쯤은

만만해야지

✦

이모와 단둘이 나서면
엄마와 있을 때는 못 보던 고집을 만나지.

유모차에 타지 않겠다는 너의 굳은 의지.

'이모가 제일 만만하지…?

너에게 내가 좀 만만하면 어때?

험한 세상 살아가는데
만만한 사람 한 명쯤은 누구나 있어야 하지 않겠니?'

골고루

먹구름의 이쁜 짓

✦

구름은

햇빛의 빛을

부드럽고, 고르게 펴 줘요.

흐린 날에 대한 다른 시각.

엄지손가락

✦

필리핀에서 엄지손가락을 내민다는 건
'친구'가 되고 싶다는 걸 의미합니다.

서로의 엄지손가락을 맞대어
도장을 찍듯이 '꾸-욱' 누르면
서로 친구가 되는 거예요.

언어가 다르고
어색한 눈빛 교환이 오가도
'최고'의 마음을 담아 엄지손가락을 내밀면
이내 상대도 '최고'의 마음으로 엄지손가락을 맞대어 주지요.

그 손가락을 거절당해 본 일은 한 번도 없습니다.
모든 사람과 친구인 예수를 필리핀 거리마다 만날 수 있습니다.

공존

✦

인생.

실패와 시행착오의 연속이고
낭만주의와 사실주의가 공존하는 곳이다.

반주 여행

반주자들과 헤어지는 지금

여행은 떠날 때에 비로소
여행이 된다.

나는 내 삶의 자리를 떠나 여행을 간 줄 알았는데
도착한 곳은 또 다른 나의 삶이었다.

여행지에서 떠나온 지금,
나의 여행은 다시 시작된다.

관광 용품이 팔리는 이유

나의 시간을 새겨넣을 수 있으니까

✦

2017년, 미국에서 돌아오기 전에
Blue Bottle 컵을 하나 샀더랬다.
(그때는 우리나라에 블루보틀 매장이 없었다.)

컵의 가격은 25달러였다.

'25달러?!?! 컵 하나에?!'

라는 생각이 먼저 들었지만
그 컵은 내 집 수납장에 놓여 있다.

늘 합리적인 소비를 하고자
지출에 있어서는 냉철하려 애쓰는데
미국에 온 시간의 의미를 담아낼 작은 물건을 가지고 싶었다.

단순한 '컵'으로써 25달러는 과소비였으나
다시 돌아갈 수 없는 2017년,
행복한 기억 속으로 안내해 주는 가이드로서는
25달러 이상의 가치가 넘쳐난다.

소리를 보이게 하는 배치

직선 운동하는 너의 경로를 파악하는 일

✦

스피커가 올려진 책상을 원룸의 정중앙으로 꺼냈다.

인테리어를 하는 분이 보시면
공간 활용률이 매우 비효율적으로 비추어질 배치이다.

하지만, 뮤지션의 관점으로 보자면
그 배치는 음악을 생생하게 들을 수 있는 환상의 배치이다.

소리의 위, 아래, 좌, 우.
공간감이 다 느껴져
음악이 마치 살아있듯 눈앞에 생동감이 펼쳐진다.

이번 공간 배치 노동은

내 공간의 완벽한 분리이자,

내 인생의 한 단락을 짓는 일이었다.

길가에 꽃을 심는 사람

꽃길 메이커

✦

아끼고 아끼던 캔들이었는데,
이내 캔들에 불을 지폈다.

아꼈던 이유가 비싸서도 아니요,
향이 내 취향이어서도 아니었다.

청년부에서 함께 사역했던 녀석이
다른 교회에 전도사님으로 가게 되었고
교회에서 받은 사역비로 사 준 생일 선물이었기 때문에
쓸 수가 없었다.

그 친구를 파송하며, 마지막 식사를 함께 할 때
부임한 사역지에 첫 출근할 때 메고 가라고
브랜드 넥타이를 선물했다.
마음 담은 편지와 함께.

'근진아, 네가 걷는 길이 꽃길이라고는 말 못 해.
하지만 네가 걷는 그 길 가운데
꽃 한 송이 피워낼 수 있게 되길 기도할게.

서로 걷는 길은 달라도,
결국 우리 모두 한곳을 향해 걷는 걸음일 테니.'

인술라

겨우 7평 남짓, 내 원룸

✦

방도 되고,

부엌도 되고,

거실도 되고,

연습실도 되고,

스튜디오도 되고,

영화관이 되기도 하는 내 집.

친구들이 와서 같이 먹고, 같이 자고 간 공간들에게서

온기를 느낀다.

이 작은 공간에서 할 수 없는 일은 없다.

범블비! 시작하자!

아니, 벌써

+

가을 산책을 다 마치지도 못했는데,
겨울이 왔다.

마치,
합주해야 할 곡의 편곡을 마치지 못 했는데
합주 날짜가 다가온 것처럼.

청춘 속, 꿈에 음악 한 스푼

✦

추석이 끝남과 동시에 입시 시즌이 돌아왔다.

친한 보컬 트레이너 오빠의 제자들 입시 반주를 한지도
벌써 4년 차 되어가나 보다.

한 번 만나고 학교에 합격하면 좋겠지만
말도 안 되는 입시 경쟁률의 보컬 파트인지라
몇 년 동안 같이 호흡을 맞춘 녀석들도 있고,
매년 처음 만나는 친구들도 있다.

그 시간들이 켜켜이 쌓여

하나 둘, 반가운 얼굴들이 쌓여갔다.

입시가 끝나고 나면 학생들의 합격 여부를
다 알 수가 없어,
입시 시즌에 반주하러 갔다가 만나게 되는 학생들도 꽤 있다.

'누나, 저 드디어 이 과 잠바 입었어요!'

큰 목소리로 말하며 뒤로 돌아 등판을 보여주는 그 순간
눈부시게 반짝이는 학교 마크와,
두 눈에 가득한 설렘이 내게도 고스란히 전해졌다.

내가 가르친 내 제자도 아닌데,
과 잠바를 입고 입시 도우미를 하다
시간 맞춰 수업 들으러 가는 아이들 모습 보니
내 마음까지 설렘이 번졌다.

누군가가 이렇게 말했다.

말도 안 되는 입시 경쟁률 뚫고 학교에 진학해도
먹고살기가 여간 어려운 게 아니고,

졸업해도 할 일도 없는데
꼭 음악으로 학교를 가야겠느냐고.

정해진 답이 있을 수야 없겠지만,
인생을 살면서 느껴 봐야 할 중요한 감정 중에 하나가
성취감이라고 생각한다.

자신이 원하는 것을 위해 최선을 다하고,
그럼에도 실패하고, 다시 도전하고.
그 과정은 그 자체로 충분히 아름다운 일일 테니.

그러다 원하는 것을 얻었을 때의 성취감,
혹은 과감하게 포기하는 용기,
서른이 다 되어가는 나이에 주변에서 모두가 말려도
끝까지 가보는 끈기.

이 녀석들에게 배울 점이 너무 많다.
그래서 코드 하나, 멜로디 한 음을 허투루 칠 수가 없다.

1년에 딱 두 번.
수시 2차까지 많으면 1년에 겨우 세 번인 기회인데...

알바하다 시험 보러 오고,
시험 보고 바로 알바 가고,
돈이 없어서 올해 입시가 마지막 일지도 모르는데...

그렇게 하루 종일 일한 알바비로 반주비를 받는데
어떻게 대충 코드 보고 칠 수 있겠는가?

보컬 트레이너 오빠가 말했다.

"양양~ 이제 양양피아노로 유명해졌으니
입시 반주 다니기 좀 그런가?
다른 반주자 물색해 봐야 하나??
...
양양피아노 국민 반주자야."

새벽 바다 위 별

나의 동공이 인식할 수 있도록

✦

해가 뜨기 전, 새벽 즈음 도착한 동해.

답답한 마음에 시원한 바다가 보고팠던 것뿐인데
예상치 못한 새벽 밤하늘 속 뿌려진 별들이
내게 위로를 건넸다.

'너는 아주 작고 작은 아이야.
그러니 지금 네가 만난 어려움은 괴로운 게 당연한 것이지.
마음을 놓고, 좀 힘들어해도 돼.'

별자리라고는 북두칠성밖엔 모르지만

그 일곱 개의 별들이
내 눈앞에서 선명하게 춤추고 있었다.

머리 위로 쏟아지는 별들은
그리피스 천문대 극장 하늘에 쏟아지던 별과는
또 다른 벅참이었다.

칠흑 같은 어둠,
드넓은 바다와 큰 소리로 일렁이는 파도,
끝없이 펼쳐진 모래사장.

고요하다 못해 적막하기까지 한 망망대해 바닷가 모래밭에서
가장 무서운 것은 벌레도 짐승도 아닌 사람이었다.

발자국 소리를 머금는 모래밭이기에
하늘을 올려다보는 나를 향해 누군가 달려와도
알 길이 없기 때문이다.

하지만, 두려움도 잠시,
눈에 보이는 모든 모래밭 위엔 아무도 없었기에
밤하늘 뿌려진 별을 만끽할 수 있었다.

그러다가도 두려움에 주변을 살피려 고개를 내리는 순간,
가로등 불빛에 밝아진 내 동공은
어두운 밤하늘에 박혀있는 별들을 인식할 수 없었다.

어두운 밤하늘을 하염없이 올려다보아야
나의 동공은 열리고
다시 별빛을 인식한다.

어둠에 적응해야 동공이 열리듯,
괴로운 마음을 가만히 들여다보면
스스로를 인정할 수 있는 동공이 열리고,
우리는 그때 나 자신을 만날 수 있다.

반짝, 빛나는 우리 자신을.

Already

그대는 이미 꽃이에요(iam, flos)

✦

결과물을 상징하는 꽃과 열매
그 결과물로 스스로의 존재를 증명해야 하는 시대 속에
하나님이 지으신 우리는 존재 그 자체만으로도 충분하다.

그러나 나는 누구보다도 꽃이 되고 싶고,
어떤 열매보다 멋진 열매를 맺고 싶어 하는
결과 중심적인 사람이다.

그렇게 결과를 위해 앞만 보고 달려가는 사람은 무수히 많다.
그러나 그 모든 사람들이
꽃이 되거나 열매를 맺는 것은 아니다.

꽃을 피우기도 하고, 열매를 맺기도 하지만,
삶이라는 것이
내가 노력한 것만큼 늘 좋은 성과를 가져다주지는 않는다.

그렇다면 그렇게 실패했을 때,
우리가 취해야 할 태도는 무엇일까?
어떤 태도를 가져야 우리가 만난 실패를
아름다운 밑거름으로 바꾸어 낼 수 있을까?

그것은 우리가 느끼는 성취감의 근원지를
결과가 아닌 과정으로 인식의 축을 옮겨 가는 것부터 시작한다.

성경에 나오는 무화과(無花果)의 이름은 한자로
'없을 무'에 '꽃 화'를 쓴다.

꽃이 없어서 지어진 이름이 무화과나무인 것이다.

나무와 식물에서 꽃은
자신의 아름다움을 나타냄으로 인해 번식하고,
열매를 맺기 위해
수술의 꽃가루가 암술머리에 전달되어야 한다.

꽃이 없어서 지어진 무화과는
꽃자루 속에 꽃이 숨어 있는 것이다.

꽃이 없는 것이 아니라,
우리가 아는 모양이 아닐 뿐이라는 이야기이다.

이미, 꽃이었다.

아담과 하와가 에덴동산의 열매를 따 먹고 눈이 밝아져서
벌거벗은 자신의 부끄러움과 수치심을 알게 되고,
그 수치심을 가리기 위해
잎을 엮어 자신의 몸을 가렸던 그 잎이
바로 무화과 나뭇잎이기도 하다.

그래서 나는 이 노래를
누군가의 부끄러움과 실패를 가려줄 수도 있는,
혹은 무심한 듯 따뜻한 위로가 되었으면 좋겠다는 마음으로
써 내려갔다.

"숨어도 괜찮아요."

꼭, 꽃

양희정 곡

꼭 꽃이 아니어도 괜찮아

네 안에 향기가 피어나니
꼭 꼭 꽃이 아녀도

꼭 열매 아니어도 괜찮아

네 안에 온기가 가득하니
꼭 열매 아녀도

만만하면 어때

Part

4

보완하고,

언니와 마신 Iced Latte

✦

"언니, 여기는 어디 블루보틀이었죠?
샌프란시스코였다는 것 밖에는 기억이 안 나네요?"

"여기는 Ferry Building 안에 있는 블루보틀.
Bay bridge가 바로 보이던~.
내일 애들 데리고 가려고! ㅎㅎㅎ"

언니가 내게 보여준 사랑과 친절,
웃음과 행복, 온기와 행복은
여전히 내 삶에 깊숙이 자리하고 있다.

다시 만나기로 한 약속은 지킬 수 없게 되었지만

마음속 어딘가,
내게 무한 응원을 건네는 언니의 웃음이 자리 잡고 있는 한

우리는 언제나 맞닿아 있다.

손수건

작은 실천

✦

어릴 적 보았던 TV의 어느 프로그램에서
선물의 의미에 대해 풀어 놓으며
'손수건'을 선물하는 것은
'이별'을 의미하는 것이라는 이야기를 들었다.

그런데 어느 날,
내가 정말 존경하는 선생님으로부터
아주 예쁜 손수건을 선물로 받았다.

"요즘 사람들 손수건 잘 안 쓰는 거 알지만,
공공장소에서 핸드 타월 대신 사용하면

좋을 것 같아서 샀어요."

보잘것없는 선물이라며 황급히 건네주셨지만,
손 편지에 담긴 글 속에선
어느 무엇과도 비교할 수 없는 깊은 마음이 느껴졌다.

누군가 눈물을 흘릴 때,
따뜻하게 건네줄 수 있는 손수건이 생겼다.

내게 주신 선생님의 따뜻한 마음처럼
눈물 흘리는 이에게 나의 온기가 배어 있는 손수건을 건네는
괜찮은 사람이 되고 싶다.

그리고, 한 장 한 장
아무런 감각 없이 사용하고 있었던 핸드 타월은
나무의 아픈 한 조각이라는 걸 기억하자.

빗소리

차에서 듣는 빗소리

✦

비 올 때 비를 맞으며
우산 위로 토도독 떨어지는 빗소리도 좋지만,

알루미늄 보닛과 선루프 유리에 떨어지는 빗소리도
리듬감이 넘친다.

선루프는 햇빛만 들어오는 곳이 아니더라.
바람과 빗소리도 들어오는 곳이더라.

가뭄이었는데 비 님이 오시니 너무 반갑더라.

내가 사는 모든 순간

그 안에…

✦

모든 순간들 속에 내가 나로 존재하니,
이 얼마나 아름다운가.

그러니 내가 사는 모든 순간,
잠시 잠깐의 틈 모두가 아름답다.

전설의 연주자

아브라함 라보리엘의 기도

✦

2017년, 미국 서부에서
전설의 베이시스트 아브라함 라보리엘을 만났다.

Lord Jesus,

here we are,

once again at your feet and we take time to say thank You for the gift of music.

We pray for the country of Korea, Lord. We pray for the musicians of Korea, for the worship teams all over the world. We pray for the country of the United States, Lord.

And more than anything else, here we are with hearts full of gratitude with a desire to say thank You because we know that even as we say 'Thank You' to You, that You fill our hearts with songs of thanksgiving, and praise, and new understanding.

And we just ask you that you would be enthroned with our praises and with our playing.

And that none of us would walk out of this room except being touched by you, being transformed by you, and having had a beautiful appointment with your presence.

잊고 살다가도 문득

+

살다 보면 또 해 주고 싶은 이야기들이 생기겠지.
떠오르는 말들이 찾아오겠지.

그럴 땐 이렇게 노래를 지어 부를게.

너의 입가에, 너의 귓가에
내 이야기가 맴돌 수 있도록.

무엇무엇보다

비교는 나쁜 거지만 비교를 해야 한다면

✦

화려함보다 편안함.

수려함보다 친근함.

빼어남보다 의연함.

기막힘보다 꿋꿋함.

빼곡함보다 공간감.

완벽함보다 꾸준함.

가르침보다 든든함.

이게 우리의 키워드지.

잘 울래

눈물 흘리는 일은 감정 표현의 하나일 뿐

✦

막힌 담은 허물어져야 하고
막힌 강은 흘러가야 하듯
눈가에 맺혀 있는 눈물은
아래로 흘러내려야 한다.

눈물 흘리는 일은 슬픈 일이라고 하지만
눈물을 흘려보낸 사람은 진정한 기쁨을 마주할 수 있다.

눈물 흘리는 일은 아픈 일이라고 하지만
눈물을 흘려보낸 사람은 가장 예쁜 사람이다.

내가 하는 생각과
내 마음에 드는 감정들은
상대에게 전달할 수 있는 매개체가 필요하다.

말이나 글,
표정이나 뉘앙스,
그 무엇이든.

하고 싶은 말이 입가에 머물러 있지 않고
입술로 나올 때 이야기가 된다.

"울면 안 돼, 울면 안 돼."

불러 왔던 캐럴에
당당하게 맞서서 이야기하고 싶다.

나는 잘 울고 싶다고.

일단, 슬픔이 앞에 서는 거야

헤어짐

✦

'이별'은 슬픔을 전제로 한다.

아무리 좋은 이별이라 하더라도.
'떠남의 축복'이라 하더라도
일단은 슬픈 것이 먼저이다.

슬픔이 앞에 선다.

나이가 들고 어른의 타이틀을 가지고 살아가면서
어른의 모습에 가까운 삶을 따라했다.

감정을 숨기는 능력치가 높을수록
어른의 감정에 솔직해지지 못하고
울컥하는 눈물을 흘리는 것보다
꿀꺽 삼키는 것이 더 익숙하다.

세상의 많은 사람들은 도대체 어떻게
이별하며 살아가는 것일까?

'잘 웃듯이, 잘 울고 싶다.'

내가 쓴 노래 가사처럼 살기란
생각보다 너무 어려운 일인가 보다.

만만하면 어때?

사실은 스며드는 일이야

✦

내가 만든 노래의 이야기들을 풀어낼 때,
듣는 이들의 눈빛이 반짝거린다.

내 노래를 들려줄 때,
사람들의 입가에 미소가 번진다.

내 노래가 끝나면
사람들의 마음속엔 그 흔적이 남는다.

그렇게,
조금은 편하게
조금은 만만한 아티스트가 되고 싶다.

에라이

✦

앞으로 인생을 살아갈 때,

이런 마음으로 살아야겠다.

'인생 이 녀석, 예측을 할 수가 없네!

그렇다면 재밌게 즐겨주겠어!'

~에 따라

모두 다르지

✦

날씨에 따라, 빛에 따라, 모래에 따라
바다색이 다 다르게 보인다.

그래서인지 바다는 보고 또 봐도
언제나 다르다.

매일의 날씨가, 구름이, 햇빛과 바람이 다르기 때문이겠지.

읽는 내내 마음을 빼앗아 가던 책을 읽다가도
바다에 자꾸 눈길이 가서 책을 접었다.

아무래도 오늘은 두 눈에 바다를 더 담아 가야겠다.

오늘의
바다는
내일의
바다와
다를 테니

나무를 만져 보면

생명의 신비함을 느끼게 돼

+

나무를 만져 본 게 언제인지 기억조차 나지 않는다.

제주 절물 휴양림 입구에는 이런 안내문이 적혀있었다.

'나뭇잎을 살펴보고 멋지고 잘생긴 나무들과 악수도 하고
포옹도 해 보세요.'

그 안내문을 보고 나무를 만져보고 싶은 마음을
그냥 지나칠 수가 없었다.

나무를 만지는 순간,

나무의 온기가 내 손바닥에 전해진다.

나무는 딱딱하고 올곧을 거라고만 생각했는데
말캉말캉한 촉감을 보니
그 안에 물이 흐르고 있음을 짐작게 한다.

하늘까지 뻗은 나무의 실루엣은
내가 도화지에 그렸던 직선 두 개가 아니라
구불구불, 삐뚤빼뚤하게 뻗어 올라가 있다.

나무의 그늘이 만들어 낸 시원함이
이끼마저 자라게 한다.

내가 아는 나무는
내가 만들어낸 나무였던 것은 아니었는지.

꾸준함

+

어려서부터 끈기 없다는 이야기를 자주 들었다.

그건 내가 오랜 시간 한 가지 일을 꾸준히 하는 일들을
잘하지 못했기 때문이었고,
그 기준은 아마도 다른 사람과의 비교에서 나온 것이었으리라.

꾸준한 다이어트,
꾸준한 영어 공부,
꾸준한 운동.

그런 나도 오랫동안 꾸준히 해온 것이 있었다.

신앙생활과 피아노.

그냥,
갑자기 이런 생각을 했다.

누군가의 기준에서 나는 끈기 없는 사람일지 모르겠으나,
나는 이미 충분한 끈기가 있는 사람이라는 생각.

이보다 얼마나 더 끈기 있으랴?

좋아하는 일을 하면서 살아간다는 건
축복받은 삶이지 않던가?

언제나 처음

서툰 것은 당연한 일

✦

나는 아직도 처음 겪는 일이 많다.

뮤지션들의 엉망진창 자랑대회

서로의 못남을 꺼내어 놓는다

+

노래를 부르다 시도 읽고,
그러다 이야기도 나누고.

그 모든 게 담긴 자작곡을 나누는 바로 지금.
음악 하길 잘 했다고 느끼는 순간이다.

I love your in a mess.

손전등

✦

이 노래는 '새벽의 집'에서 만난
필리핀 친구들에게 불러 주기 위해 만든 곡이다.

그곳에서 만난 친구들은
대부분 필리핀 국적의 20대 친구들이고,
가수가 되기 위해 한국으로 들어왔지만
나쁜 한국 사람들을 만나 인생에 큰 상처를 떠안게 되었다.

부르고 싶은 노래를 부를 수 없고,
다른 사람이 원하는 노래를 불러야만 하는 삶의 고단함을
내가 어찌 알 수 있을까?

우리는 만났고, 가끔 함께 음악을 했다.

만나서 노래를 나누기로 한 어느 날,
새벽의 집 친구들이 부르고 싶다고 보낸
노래 제목들을 받았다.

작은 공간에 어깨에 메고 간 악기가 전부인 방 안이었지만
어느 가수의 무대보다도 멋졌고,
나 또한 그만큼 열심히 준비를 했다.

전달받은 노래 가운데
JESSI. J의 'flashlight'라는 노래가 있었다.

그 노래의 무대가 끝난 뒤,
새벽의 집 집사인 목사님께서 필리핀 친구들에게
나의 피아노 반주에 대해 물었다.

사랑스러운 친구들은 너무 행복하다고 답해주었다.

그리고 그 친구들이 말하길,
이 노래 가사는 자신들을 도와주고 있는

새벽의 집 집사님과 소장님에게
하고 싶은 이야기였다고 말했다.

그 노래 가사는 이러하다.

"I'm stuck in the dark but you're my flashlight.
You're getting me, getting me through the night.
(난 어둠 속에 갇혔지만 넌 나의 빛이야.
너는 어둠을 헤치고, 나를 이끌어 주었어.)

손전등은 아주 작은 빛이다.
멀리 나간 배의 길을 안내해 주는 등대에 비하면
아주 작디작은 불빛에 불과하다.

그러나, 큰 빛만이 세상을 밝히는 것은 아니다.

작아도, 오래 지속 가능한 빛이 있다면,
그 빛들이 모여서 큰 빛이 되지는 못한다 해도
각자 자리에서 비춰야 할 곳을 오래오래 잘 비춘다면

이 세상은 충분히 희망적이지 않을까?

필리핀 친구들에게 불러 줄 때,
노래 가사의 의미를 전달하기 위해
영어로 번역했던 가사를 적는다.

Flashlight(손전등)

양희정 곡

Verse

On your difficult day,

When you feel there's nothing special,

When you see a radiant other.

You feel alone walking in the darkness.

You say 'I want to shine!'

But you are already so bright.

I'll stay right next to you.

like Christmas tree filled with hope.

Chorus

Maybe I can't give you a great light

But on this dark journey.

I'll be your flashlight

Verse 2

Because on this dark journey,

You are not alone. When you feel alone

Sing this song for yourself.

"I say 'I want to shine bright'

But you're already a sparkling light"

Every person has a special light

Shine your own sparkling light

Chorus

Maybe I can't give you a great light

But on this dark journey

I'll be your flashlight

만만하면 어때

Part 5

닿고

모든 게 취소된 요즘

지금 할 수 있는 것 #집필

✦

모든 일정이 취소된 요즘.

느지막이 일어나 이불 빨래를 널고,
늦은 점심을 먹었다.

사람과 사람이 만난다는 것.
그것이 얼마나 위대하고 아름다운 일인지
다시 깨닫게 되는 요즘이다.

할 수 있는 일이 없다는 것이
하루쯤은 신이 났고,

이틀째는 좀 지루했다.

사흘째, 무료함과 지루함에 익숙해지겠다 싶어
온 집안을 청소하고 컴퓨터 앞에 앉았다.

미뤄 온 에세이 집필을 시작했다.

나 자신을 아름답게 빚어내는 일에
몸과 마음과 시간을 쓰기로 결정해본다.

조급해 하지 않는 연습,
시간을 느끼는 연습을 해 본다.

#시작이반이다
#반이나했다아아아아

예배를 '본다', '드린다'를 넘어

예배로 '살아간다'

✦

'온라인 예배'라는 단어가 익숙해진 시대를 산다.

그동안 우리는 예배를 어떻게 정의하며 살아왔는지
되돌아보게 된다.

예배는 일주일에 한 번, 1-2 시간 동안
정해진 양식과 예식에 맞추어 행하는
의식에서 끝나지 않는다.

우리가 일주일에 한 번 모이는 이유는
나머지 6일을 세상 속에 살면서

우리 사는 곳을
더 하나님 나라답게 만들어야 하기 때문이다.

모여서 더 잘 배우고, 나누고, 연습하기 위해.

이 땅에 하나님 나라를 이루어 낼 것을 소망하고,
하나님 나라를 노래하고 기도하며,
부끄러움을 스스럼없이 나누고,
서로를 격려하며, 삶의 자리로 파송하는 것.

예배가 삶으로 연결되어
우리의 신앙이 내 삶과 동떨어지지 않도록
단단히 동여매는 것이다.

온라인이든 오프라인이든 그 모양이 중요하지 않다.

삶이 예배라는 말을 쉽게 접하지만
예배 같은 삶을 사는 것은 너무 어려운 일이다.

우리는 완벽할 수 없다.
아니, 실수투성이에 시행착오를 반복한다.

하지만 하나님 나라를 이루기 위한
'시행(施行)'을 하기 위해 치열하게 고민하고 서로 질문하며
'착오(錯誤)'에 대한 대화가 부끄럽지 않고 존중될 때
우리는 든든해진다.

1919년, 우리 선조들이 그러했듯이
두려움과 혐오를 넘어
희망과 연대함을 꿈꾸는 3월의 첫 주일이다.

코로나19로부터 #대한독립만세

✦

오늘,

내 삶에 주어진 의무를

소홀히 하지 않겠습니다.

후두두두두둑

떨어진 꽃잎들

✦

요즘 왜 자꾸,

아침 8시에 눈이 떠지는지 모르겠으나

눈 뜨면 꽃병의 물부터 갈아 준다.

활짝 만개했다가 잎이 한두 개 떨어진

버터플라이는 몽우리째 잘라 주고,

생명을 다한 꽃들도 과감하게 버리고,

배치를 잡으려 하노이를 들었는데

후두두두두두두둑 눈처럼 꽃잎이 떨어졌다.

#아주_이이이쁘게

조심스레 꺼내어 보니
위쪽 줄기가 패어 있었다.

그 윗부분을 '똑-' 잘라서
초록빛이 도는 유리컵에 띄워 놓았다.
#하루라도_더_보고_싶어서

꽃은 예쁜 쓰레기라고들 하지만
매일 꽃병의 물을 갈아 준 경험이 있다면
그 표현에 동의하기는 힘들 것이다.

매일매일 새로운 물을 갈아 줄 때마다
하루의 행복을 새롭게 채우는 것과 같은 기분이기 때문이다.

다른 생명을 돌보는 것,
그것은 결국 나를 돌보는 것이더라는 이야기.

식물이든, 동물이든, 사람이든
그 무엇이든
생명을 가진 것은 그 자체로 아름답고 귀하니까.

세계 여성의 날이 사라지길 기대한다

✦

사순절 기간을 보내는 요즘,
기독교에서 보라색은 참회를 상징한다.

113년 전 뉴욕의 함성이 불러온
'세계 여성의 날'을 상징하는 컬러도 보라색이다.

많은 이들이 세계 여성의 날을 기념하고 축하하지만
지금도 여전히, 안전을 위해 투쟁하는 사람들이 있다.

웃으며 기억하고, 축하하고 싶은데
크게 나아진 것이 없어 내 안에 부끄러움이 여전하다.

참회한다는 것은,
같은 실수를 반복하지 않겠다는 다짐이라 생각한다.

사순절 기간,
나는 무엇을 참회하며 보내고 있는 걸까?

코로나19로 전 세계가 아프고,
한국에서는 사회적 거리두기를 하고 있기도 하다.

'못 모이는 것'이 아니라 '안 모이는 것'이다.

많은 신앙인들이 하나님과 나의 관계를
바로 세우고 싶다고 이야기한다.

지금이 그 적기이지 않나 싶다.

'모이지 않는 것'이 끝난 후
우리가 다시 만나, 얼굴을 마주하게 될 때에
하나님과의 관계 회복으로 피어난 행복을
세상에 잘 전하면서 살아야 할 테니까.

그래서 약한 사람이 억울하지 않고
아픈 사람이 치료받을 수 있으며

강한 이가 약한 이를 보호하고
모두가 타인의 슬픔을 함께 나눌 수 있다면
약한 이들을 기념하는
'제2의 세계 여성의 날' 재정은 없게 되지 않을까?

결국, 남성과 여성 모두
그저 생명을 가진 '사람'일뿐이니
세계 여성의 날을 기억하는 것이

'여전한 투쟁'이 아니라
'그땐 그랬었지.
하지만 지금은 시대가 변해서 모두가 서로를 존중해.'

쿨하게 웃으며 이야기할 수 있는
그 아픔을 다시 반복하지 않는 기억 조각이 되길.

그런 삶을 살고, 글을 쓰고,
곡을 쓰는 아티스트가 되길 꿈꾸는 주일 아침이다.

마른 반찬류

오후 12시에 맡겨진 택배를 새벽 1시에 만나다

✦

오피스텔 무인 택배함에 물건이 맡겨졌다.

독립해 혼자 살면서 내 주소가 적혀 날아든 것은
고지서나 광고, 혹은 주문한 택배.
그 세 가지뿐.

오후 12시, 내 앞으로 도착한 택배를
어디에 보관할지 선택해 달라는 메시지에
무인 택배함 보관을 선택했다.

세 가지 경우의 수에 해당 사항이 없었으니까.

하루가 끝나고, 귀가 시간 새벽 1시.
택배 녀석은 도착한 지 13시간 만에 나를 만났다.

집에 올라와서 택배를 뜯자마자
쏟아지는 눈물을 참을 수가 없었다.

힘든 일이 있는 것도 아닌데
왜 눈물이 나는지 도통 알 수가 없었다.

어쩌면,
'사랑받고 있다'는 안도감이었을까?

좋은 것을 먹이고 싶은 마음,
건강하기를 바라는 마음,
행복하기를 바라는 마음은
누구나 가질 수 있지만
아무에게나 나눠주는 마음은 아니다.

한바탕 울고, 글을 적고 나니
잘 시간을 알아차린 듯
몸이 녹아내린다.

잘 먹고,
건강해서,
행복하겠습니다

두려움은 사라지는 감정이 아니더라

✦

'두려움은 시간이 지난다고 사라지는 감정이 아니다.
두려움 많은 시대를 살아가지만,
두려움에 사로잡혀 사는 것과는 다른 것이다.'

브라운 워십의 '내일을 여는 모임'에서 들었던
설교의 한 부분을 두려움 가득한 친구에게 전했다.

그리고 그 친구가 부른 '아무것도 두려워 말라'는
많은 사람들에게 위로가 되었다.

이 찬양을 부를 때마다

그때 들었던 말씀이 기억나 스스로를 다잡게 된다.

이 찬양의 가사를 나의 두려움에만 포커스를 맞추어 부르면,
폭이 아주 좁은 편협한 신앙이 될 수 있다.

'두려움 많은 이'의 범위가
내 가족, 내 지인, 우리 교회의 울타리를 넘는다면
그것이 그리스도에게 배운
'두려움을 내어 쫓는 사랑' 이지 않을까?

'마카리오스'

행복하기 원하는 분들,
행복을 전하기 원하는 분들 모두
두려워하지 마세요.

우리는 모두 희망의 내일을 열어가는
주체성을 가진 사람들이니.

오늘

✦

충분히 음미하고 마음껏 향유하며,

조금이라도 '더 나음'을 향해 거침없이 한걸음을 내딛는

오늘을 살자.

✦

지혜로운 사람은

모든 것으로부터 배우는 법이야.

양양은 지혜로우니까 잘 할 거야.

그대의 존재 자체가 도움이고 기쁨이야.

민주주의를 위한 투쟁, 61주년

1960. 4. 19.

✦

학생으로부터 시작된
민주주의 투쟁은,

4·19 혁명이 있기 몇 주 전부터
지방의 고등학생들이 산발적인 시위를 해왔다.

3월 15일의 불법 선거.
자유당과 경찰의 반민주적이고
억압적인 행위에 항의한 학생들은
'폭동'으로 유도되었다.

그 시위가 가능했던 것은
1945년 일제 강점기에서 해방된 이후
초·중등 교육에서
'민주주의'가 중요하게 교육된 결과이기도 했다.

4월 11일,
1차 마산 시위가 벌어졌다.
최루탄이 박힌 채 발견된 학생의 시신은
많은 이들에게 충격과 공포를 주며
시민들의 2차 시위가 시작되었다.

4월 18일,
고려대학교 학생 3천 명의 선언문

'진정한 민주이념의 쟁취를 위하여 봉화를 높이 들자'

낭독 후, 괴한들의 습격을 받았고

이에 분노한 전국의 학생들과 시민들이
다음 날인 4월 19일
민주주의 운동을 이루었다.

예수님은 '바닥 사람들' 곁에 계셨으며,
그 바닥 사람들은 민주주의의 주체였다.

혈기 가득했던 나의 20대 신앙생활은
올곧음을 지키려 애썼던 시간이 존재했다.

"젊은이가 어떻게 해야 그 인생을
깨끗하게 살 수 있겠습니까?
주님의 말씀을 지키는 길, 그 길뿐입니다."
-시편 119:9 RNKSV-

주님의 말씀을 지키는 일은
혼자 기도하고 예배하는 것만으로는
반쪽짜리 일뿐이라 생각했고,
지금도 그러하다.

우리는 사건을 상징으로 기억하나,
상징 하나가 있기까지 너무 많은 희생과
불가시적인 일들이 존재한다.

공부하지 않으면 보이지 않으며

행동하지 않으면 변화를 마주할 수 없다.
대학원에서 공부 중인 현재,
나는 무엇을 어떻게 공부하고 있는지
'옳은 학생'의 길을 걷고 있는지
되돌아보는 주일 아침이다.

그리고 어떤 선생님으로 살아야 할지
어깨가 무거워진다.

이름도 없이 민주주의를 위해 희생하신
수많은 희생자분들을 기억합니다.

여섯 계절을 지나

✦

겨울, 봄, 여름, 가을, 겨울, 봄.

나를 더 사랑하게 된 계기이자
많은 영감을 얻은 시간들이었다.

생명이라는 것, 아름다움이라는 것이
사람의 삶을 얼마나 풍요롭게 만들어 주는지
꽃 선생님을 통해 보고, 듣고, 만지고, 배웠다.

사랑 많은 우리 꽃 선생님은
꽃보다 더 향기롭고 우아한 사람,

그런 선생님에게 꽃을 배웠기에
한걸음 더 좋은 방향으로 걷게 되지 않았을까?

꽃은 혼자서라도 계속 만지고 싶다.

꽃 만지는 시간은
나를 가꾸는 시간이자,
나를 만나는 시간이니까.

어떻게 그렇게 살아?

✦

화나지.

억울하기도 하고 분하기도 하고.

근데 어떻게 그 마음을 끌어안고 살아?

그 마음을 다스려야지.

이럴 때 중요한 건?

Speed.

✦

참외가 제철인 이맘때부터
참외를 먹을 때마다
할아버지가 생각나.

이가 없으셔서
참외 반개를 수저로 긁어
부드러운 부분만 드셨거든.

옆에서 구경하는 내 입에도
한 번씩 '쏘옥-' 넣어 주시곤 하셨지.

아삭아삭, 씹어 먹는 것보다
할아버지 숟가락에 담겨 있던 참외가
더 맛있게 느껴졌던 건 왜일까?

나중에 그 맛이 그리워
수저로 박박 긁어 먹어 보았는데
그 맛이 아니더라?

수저에 담겨 있던 건
부드러운 참외뿐만 아니라
할아버지의 사랑이었을 테니까.

닭볶음탕 먹을 땐
할머니가 생각나.

살아있는 닭을 잡아서
감자와 함께 매콤하게 만들어 주셨던
그 맛이 아직도 선명해.

두 분 모두 암 투병을 하시다가 돌아가셔서
임종 때 많이 힘들어하셨지만,

나에게 신앙과 사랑을 가르쳐 주신
할아버지 할머니를
아름답게 추억할 수 있어서 행복해.

오늘 그 두 가지 음식을 모두 먹었어.
내 작업실에서
내가 좋아하는 사람들이랑.

닭볶음탕은 우리 할머니가 해 준 맛 같았고
깔깔깔 웃으며 나눠 먹은 참외에는
사랑이 묻어있었지.

참외와 닭볶음탕에
새로운 추억이 더해진 오늘이었어.

충분히 멋지고, 아름다운 오늘이야.

향을 고르듯

선택할 수 있다

✦

향수 뿌리는 걸 좋아하지만
자주 까먹는다.

좋아하는 향 한 가지를
오래 써 온 터라
고를 일이 없었지만,

새로운 친구들이 생겨

'오늘은 어떤 향을 뿌릴까?'

고민을 하며 깨달았다.

내가 선택한 향을 뿌리면
적어도 오늘 하루만큼은
그 향기를 어딘가에 늘 지니고 다니게 된다는 것을.

하나님이 내게 주신 자유 의지로
나는 나의 마음과 감정, 기분과 태도를
선택할 수 있다.

We are all the same♡

✦

유대 사람도 그리스 사람도 없으며

종도 자유인도 없으며

남자와 여자가 없습니다.

여러분 모두가 그리스도 예수 안에서 하나이기 때문입니다.

-갈라디아서 3:28 RNKSV-

다름은 존중의 이유입니다.

'지으신 그대로 만드신 그대로

지키며 서로 사랑하면

메마른 이 땅에도 꽃 피겠네'

-씩씩송-

나란히 걷다

✦

2004년, 고3.
마지막 국어 시간에
국어 선생님께 받은 편지를 읽다 눈물이 났다.

알 수 없는 이야기들로 가득 찬 편지였었는데,
우연히 내 앞에 떨어진 종이 한 장 속 문장들이
내게 말한다.

'너의 지난 시간 속엔 좋은 사람들이 아주 많이 있어.
기억하지 못하는 사람들이 더 많을지도 몰라.'

8반에게 주는 글

돌이켜 보면 일주일에 네 번씩의 만남이 있는 동안
밖의 수명산에는 네 계절이 순환했다.
어느새 찬 계절이 돌아와
은행나무는 우리에게 작별의 손짓을 한다.
이렇게 한 해가 가고, 너희들의 삶에서 어쩌면 가장 소중한 한 해가 기억 속에 묻힌다.
변화하는 수명산의 아름다운 모습을 창으로만 바라보며 책장을 넘기는 너희들의 모습이 안쓰럽기도 하지만,
비상을 꿈꾸는 새처럼 훨훨 날아갈 수 있는 그런 꿈을 가진 모습이 부러운 것도 사실이다.
만약 내가 지금 너희들만 한 나이로 돌아간다면
어떻게 생활했을까.
하긴 삶이란 후회와 그 후회를 바탕으로 한 결의의 연속이다.
주위의 사람들을 보면
긍정적이고 밝은 생각을 가진 이는 성공하고,
우울하고 부정적인 이는 그만큼 쓴맛을 본다.
그런 점에서 8반의 아이들은
분명 좋은 결실을 얻을 충분한 자격을 가졌고,
또 그러할 것이라 생각한다.

그런데 일 년을 같이 생활한 국어 선생님으로서 하고 싶은 말은
조금 다른 말이다.
세상에는 진짜 소중한 것이 따로 있다는 것,
그것은 때때로 변화하고 모습을 감추기도 하지만 언제나 우리
옆에 있다는 것이다.
지금이야 이 말이 어떤 의미를 가지고 있는지 모르겠지만,
그럼에도 불구하고 내가 하고 싶은 말은 이 말이다.
이 말을 달리 풀이하면 성적이나 지금 우리가 소중하다고 생각
하는 것이 어쩌면 허상일 수도 있다는 말이다.
세월이 흘러 다시 거리에서 서로 만났을 때 그때 한번 서로의
얼굴을 보면서 이 말을 기억해 주기를 바란다.
세상은 험하다고 한다.
하지만 그 속에는 살아갈 만한 재미도 있고 즐거움도 있다.
나는 8반 아이들이 서로에게 재미와 즐거움을 주는 그런 존재
가 되기를 바란다.
이 교실에서 보낸 일 년을 서로가 서로를 그렇게 기억할 수 있
는 일 년이 되기를 바란다.
그러다 힘들어지면 문득 수명산과 8반 교실을 기억해라.
그리고 그때 소중한 꿈을 함께 나누었던 담임 선생님과 여러
선생님을 기억해라.

그래도 힘들면 불쑥 찾아오는 것이고,

그래서 서로 얼굴이나 한 번 보면 돌파구가 열리기도 하더라.

1년간 8반의 아이들과

교실에서 문학과 여러 비문학을 이야기할 수 있었던 것을 나는

소중하고 행복한 기억으로 여긴다.

모쪼록 자신이 행한 만큼 얻을 수 있기를.

아니 더 나아가 8반의 아이들 하나하나에게 축복이 있어,

그 이상의 복이 가득하기를 바란다.

물론 건강과 행복이라는 것도 함께 해야 하겠지.

조용히 사색하며 자신을 돌아보는 그런 시간이 많아지고,

나아가 모두 하나하나 튼실한 성을 쌓고 그 성의 튼튼한 주인

이 되기를 바란다.

-너희들의 가장 소중한 일 년을 함께 한 국어 선생님. 홍태한 씀-

#2004년_덕원여고_3학년_8반의_기억

하나님을 만나는 방법

양양피아노 스타일

✦

오늘 생일이에요.

아침에 받은 카톡 중에 마음을 두드리는 메시지가 있었어요.

'생일 축하해요 희정.

희정 인스타에 '좋아요' 그냥 누르는 거 아니야.

하나님을 만나는 즐거운 방법을 보여 줘서 누르는 거예요.'

하나님을 만나는 즐거운 방법이라...

그래서 생각했죠.

오늘은 어떤 즐거운 방법으로 하나님을 만나 볼까?

불과 몇 년 전만 해도 생일 감사 헌금을 하면서

'올해도 생일을 맞이할 수 있게 해 주셔서 감사합니다.'

'나'에게만 초점이 맞춰진 생일을 보냈죠.

그게 나쁘다는 게 아니라,
좀 더 하나님 나라 실천에 가까운 생일을
맞이하고 싶다는 발버둥이랄까요?

사랑하는 지인분들에게서
커피 쿠폰을 정말 많이 받았어요.

그 커피들, 제가 혼자 다 마실 수도 없지만
제가 커피를 마시고 싶으면
한국에 있는 새벽의 집 식구들도 마시고 싶을 테니까요.

새벽의집 식구들과 나눠 마실까 해요:)

하나님을 만나는 즐거운 방법,
좋은 아이디어 있으면 메시지 주세요!

싹둑

✦

양분이 가득한 좋은 흙에 심는 것도 중요하고
수분을 충분하게 유지해 주는 것도 중요하고
햇빛이 잘 드는 곳에 두는 것도 중요하고

잎 사이사이마다
자연 바람이 지나다닐 수 있게
해 주는 것도 중요하지만

죽은 잎은 바로 잘라 주는 것을
잊어서는 안 된다.

아무리 좋은 환경을 만들어 주어도
죽은 잎이 '양분과 수분, 바람, 햇빛'을 빼앗아 가면
건강한 잎들이 죽어 갈 테니까.

그럼 나의 양분과 수분,
바람과 햇빛을 충분히 흡수할 수 있는
자생력이 유지될 테니까.

시간이 지나도

✦

2017년, 미국 투어는
동부만 하기로 되어 있었다.

서부에서는 숙소와 운전을 도와줄 사람이 없어서
아예 리스트 업을 하지 않았는데,

서부까지 투어 할 수 있게 도와준 사람이 바로
선영 언니였다.

샌프란시스코 어딘가(그때도 매장을 기억 못 해서 언니가 다시 이야기해 주었는데 또 기억이 나질 않는다.)

블루보틀 매장에 진열된 컵을 보고
사고 싶어서 고민하던 내게

“사고 싶으면 사. 추억이잖아. 언니가 사줄까?”

그 말에 용기를 얻어
평소라면 절대 하지 않았을 지출을 했고,
그 지출은 내게 너무 행복한 경험이 되었는데.

이제 블루보틀은 한국에서도 쉽게 만날 수 있고
내가 사 온 컵도 이제는 한국에서 판매를 한다.

하지만 그 컵을 사 온 걸
후회하지 않는 것은,

그 컵에 담긴 내 시간들이 있고
언니가 해준 말에 대한 추억 한 조각이기에 그렇다.

이젠 만날 수도 없고
목소리도 들을 수 없어

그 미안함과 고마움, 그리움을
제대로 꺼내 볼 용기가 없는 나는
오늘도 눈물을 삼켰다.

특별한 날이 아니어도
언니를 기억하는 사람이 있다는 걸
언니는 알고 있을까?

꽤 괜찮은 오늘, 토요일 오후

나를 손님으로 대하기

✦

점심 식사를 잘 챙겨 먹은 후
수제 쿠키와 커피 한잔을 내려 자리에 앉았다.

정주행하던 드라마 최종화를 보고 나니
마음이 몽글몽글해졌다.

가슴 설레게 하는 글귀들을 만나면
꼭 손으로 옮겨 적어 보는데
적고 싶은 대사, 독백이 많아
노트북을 열었다.

이 영감들을 충분히 잘 느끼고,

좋은 곡으로 만들어 내고 싶다는

건강한 에너지가 샘솟는다.

의식적으로라도 불가시적인 것을 찾아서

마주하려 노력한다.

삶이 아무리 치열하고 두려움이 가득해도

가시적인 것이 전부라 여기고

불가시적인 것을 찾는 노력을 멈춘다면

내 시야는 계속 좁아질 거고,

내 사고는 유연성을 잃어갈 테니.

그러나 결국,

내가 보는 것들이 전부가 아니라는 것을 깨닫는 것은

불가시적인 것을 찾아본 사람만이 가질 수 있는

특권이지 않을까?

어른은 무조건 꼰대라는 아이의 말을 기억해 본다면

내가 선택할 수 있는 건 단 한 가지이다.

'어떤 꼰대가 될 것인가?'

"제대로 읽고 있다고 생각했는데
마지막 장에 이르러서야 여태까지 읽어 온 것들이
사실은 오독이었음을 깨달을 때가 있다.
다시 맨 앞장으로 돌아간다 해도 이미 지금의 나는
처음 책을 펼쳤을 때의 나와
같아질 수 없음 또한 깨닫게 된다.
하지만 그렇게 때문에,
그때는 읽히지 않던 것들이 읽힐 수 있다.
독서란 그런 것이다. 인생이란 그런 것이다."
-드라마 '로맨스는 별책부록' 중-

#오늘은쉽니다

국기

한 나라의 역사, 국민성, 이상 따위를 상징하는 기(旗)

✦

초등학교 때 크레파스로 그렸던
태극기의 질감까지 다 기억나는 걸 보니

국기를 직접 그려 보는 일은
그 나라에 대한 애착을 생기게 하는 일이라
말할 수 있겠다.

레바논 국기의 중앙에 그려진 나무는
백향목이란다.
성서에서 자주 만났던 그 나무.

다윗과 솔로몬이 성전 건축을 위해
레바논에서 많은 백향목을 수입했었지.

위아래 빨강은
외세로부터 나라를 지킨 이들의 희생을,
하양은 평화와 순수, 눈 덮인 산을,
백향목은 불멸성을 상징한단다.

레바논 베이루트 항구에서
엄청난 규모의 폭발이 일어났고
현재까지 집계된 사망자만 135명에
사상자는 5천 명, 실종자가 수십 명이다.

베이루트항을 통해
수입 식품이 80% 이상 들어오기 때문에
오랜 내전과 전쟁, 정치 불안과 테러로
가뜩이나 불안한 레바논 경제가
직격타를 맞게 되었다.

이미 식료품 값은 급등했고,
국민의 50%가 빈곤선 아래에 있기 때문에

식량 위기의 몫은
오롯이 가난한 사람들의 것이 될 수밖에 없다.

늦은 오후부터 수업인 오늘.

오전에 나와서 작업실 청소를 하고
커피를 내려서 앉아 있다가
레바논 국기를 그렸다.

현재 레바논은 혈액 공급이 부족해서
적십자에 긴급 요청했다는 기사를 보았는데,

지난번 헌혈하러 갔을 때
우리나라도 코로나 여파로
헌혈 공급량이 많이 부족하다고 했었다.

신앙인으로서 기도는 당연히 해야 하는 것인데

'나는 무얼 할 수 있나?'

고민하다가 그림을 그렸다.

한국 교회의 교인들이 모두 헌혈을 한다면
우리나라의 공급량을 채우고도 남아

먼 나라 레바논에도 나눌 수 있는
양이 되지 않을까 꿈꿔 본다.

공동체의 순기능

2014년 8월

✦

교회 공동체는 '우리끼리'가 아니라
필요한 곳으로 찾아가 스며들어,
결국은 사라져야 한다고 생각한다.

농활팀은 새벽 5시에 일어나 6시부터 농활을 시작했고,
도배팀은 에어컨도 없는 집안 가구를 다 옮겨
곰팡이 흔적이 가득한 벽지를 뜯어내고 새 벽지를 붙였다.

마을 잔치팀은 자아를 내려놓는 콩트와
트로트 노래 잔치를 열었고,
미용·의료팀은 서울에서 파마와 염색약,

의료 기기까지 모두 싣고 내려 왔다.

마을 회관과 교회 마룻바닥에서 자고 일어나
새벽부터 농활을 하는데
TV에서 아침마당 노래가 울려 퍼졌다.

"이제 겨우 아침 9시라고?? 이렇게 힘든데?? 거짓말!! ㅋㅋㅋ"

모두의 얼굴에 웃음꽃이 피었다.

모이는 힘이 있다는 것.
그 힘이 모여 규모가 커지고 할 수 있는 일이 다양해지는 것은
아주 멋진 일이다.

예수께서 그러셨듯이, 사회에서 가장 아픈 곳,
가장 어두운 곳에 찾아가 약이 되어 주고
빛이 되어 주어야 한다.

새벽부터 고된 노동을 한 청년들이 저녁에는 모여서 예배를
드렸다.
(물론, 노동도 해야 하고 집회도 해야 해서 체력적으로 너무

힘들었지만 사실은 내가 제일 행복했던 것 같다.)
예배는,
사랑의 실천을 배우는 시간이다.
예수님의 가르침을 배우고 다짐하는 시간이다.
그러니 삶이 예배라는 말이 일맥상통하는 것이다.

'사람을 보지 말고 하나님만 바라보자!'는
좁은 시야의 치우친 신앙을 가르친다면,
약하고 아픈 사람을 보고 사역하신 예수님의 가르침은
어디에서 실천해야 할까?

'세상'이라고 경계를 나누는 것이 아니라.
세상 '속'에서 빛이 되어야 한다.

"주님을 경외하며, 주님의 명에 따라 사는 사람은
그 어느 누구나 복을 받는다."
-시편 128:1 RNKSV-

그 다음 구절은

"네 손으로 일한 만큼 네가 먹으니, 이것이 복이요, 은혜이다."
-시편 128:2 RNKSV-

#빛을들고세상으로
#나를세상의빛으로

드디어, 에세이 출간을 합니다

에헴

✦

책을 잘 읽지 않는 시대인데다
작가로서는 발도 떼지 못한 제 글을
출판하자고 제안해 주신
'그래서 음악' 최우진 대표님 감사합니다.
@somusic_publisher

당장 사는 게 급급하고
해야 하는 일이 많다 보니
늘 미뤄 왔던 에세이 집필을
드디어, 하게 되었습니다.

시작도 전에

'내가 무슨 책을 내나…'

두려움이 앞서지만

그 두려움의 요동 속에
쏟아져 나오는 영감들을 놓치지 않고
글로 적어 보겠습니다.

있는 그대로, 생각해 왔던 대로, 써 왔던 대로.

제 글에서 좋음과 온기, 마음을 느껴 주시는 분들 감사해요.

거칠지만 따뜻한 종이 냄새와 함께
제 글을 읽어 보실 수 있도록 열심히 준비하겠습니다.

'저자 양희정'이라니.

자랑하고 싶은 설레는 글자네요.

잘 가

화분이 좁았던 알로카시아

✦

지난주 목요일,
수업하러 작업실에 나와 보니

식물들 중에서 키가 제일 큰 친구가
보이지 않았다.

화분이 넘어진 것도 아니건만
줄기 밑동이 부러진 채
잎사귀들은 바닥에 누워 있었다.

전날까지만 해도

흙의 수분기도 확인하고 분무도 해 주었는데
너무 놀라 한동안 멍하니 서 있었다.

뿌리로 연결되는 중심은 부러지고
흙 속에 감추어져 뽀얗기까지 한 뿌리가 밖으로 나왔지만
생명을 가지고 있었다.

금요일에 제주 비행기를 타야 해서
뿌리가 햇빛을 보지 못하게
종이로 잘 감싸고 물을 주었다.

내가 심은 식물이 아니니
어떻게 수습해야 할 지 몰랐으나
살릴 수 없을 거라는 강한 마음은 부정할 수가 없었다.

일주일이 지난 오늘,
알로카시아 화분의 흙을 정성스레 제거하고
뿌리를 찾아 꺼내 주었다.

저 친구 스스로 생명력을 잃기 전까지
내가 자르지는 않겠다고 다짐했지만

어쩌면 그게 더 잔인한 일일지도 모른다는 생각이 들었다.

'내가 죽인 게 아니야.'

회피하고 싶었는지도.

아직도 줄기마다 물이 가득하고
파릇파릇한 잎사귀 부분은 잘라
물병에 담아 두었다.

생명력에 나의 가위질이 너무 미안했다.

하지만 그 또한 내가 가져야 할
책임과 미안함이 아니겠는가.

그 과정을 타임 랩스로 찍어 두었다.

작은 생명 하나라도 소중한 것을
다시 한번 마음에 새겨본다.

보온

주위의 온도와 관계없이 일정한 온도를 유지함

✦

나같이 추위를 많이 타는 피아니스트가
보일러가 되지 않는,
동향의 작업실에 오래 있는 것은
손가락이 늘 차가운 일이 된다.

난로와 히터를 돌려서
공간을 따뜻하게 하는 것만큼 중요한 것은
외부에서 유입되는 찬 공기를 잘 막아 주는 것.

그러니 내 안에 좋음을 이끌어 내려
애를 쓰는 것보다

나를 나쁘게 소진하게 만드는 카테고리를
끊어내는 것이 더 중요하다.
(늘 그걸 잘 하지 못했다.)

그럼에도 작업실 오래된 창에
단열 뽁뽁이를 붙일 수 없는 것은
작업실의 전체적인 톤 앤 매너가 맞지 않기에…

오늘을 응원해

수능 전날 발매하는 이유

✦

우리나라 10~30대의 사망 원인 1위는
몇 년째 자살입니다.

그중에서도 10대 친구들의 자살률이 가장 높은 기간이
바로 '수능일'과 '수능 후 10일 안'입니다.

저는 12월 7일 발매하려던 싱글 음원이 있었고
'오늘을 응원해'라는 이 곡은
따뜻한 봄에 내려고 했었어요.

SNS 라이브 방송을 하다 이 곡을 불렀는데

한 친구가 이번에 시험을 보는데
너무 위로가 된다는 댓글을 남겨 주었습니다.

그래서 마음이 급해졌어요.

아이들 중 누구라도, 한 생명이라도
이 노래를 듣고
스스로 사라짐을 선택하지 않게 될 수만 있다면
시간이 부족해도 빨리 내야겠다는 마음을 주셨습니다.

그건 주신 마음이 확실한 것 같아요.

음원 준비하는 시간과 물질은
음원 수익으로 정당하게 보상되지는 않으니까요.

'무조건 따뜻하게!
고민 많았던 10대 때의 나에게 들려준다는 마음으로!'

연주자들에게 유일하게 부탁한 것입니다.

이 곡이 비단 10대 친구들에게만
위로가 되는 곡이 아닐 거라 생각합니다.

힘들고, 어렵고, 고통받는 시간 속에 있는 모든 이에게
이 노래를 선물하고 싶습니다.

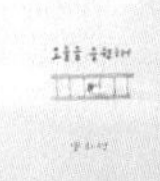

오늘을 응원해

양희정 곡

하나님의 생기로 지어진 이

하나님의 꿈으로 지어진 이

너는 하나님의 바램이야

너는 하나님의 희망이야

너의 오늘을 응원해

너의 내일에 함께 해

50분

사실은 35년 어치의 시간

✦

아빠와 5분 이상 통화한 횟수를
다섯 손가락 안에 꼽을 수 있는데,

50분을 통화했다.

대화의 길목에서
아빠의 급발진과 경로 이탈, 배터리 방전의 시간이 있었지만

기어코 묵혀 두었던 내 안의 울음을
터뜨리고야 말았다.

성인이 된 후,
아빠 앞에서 울어 본 적 없는 나였던 터라

"너 울어?"

묻는 아빠의 목소리엔
당황한 기색이 역력했지만

나에겐 참을 수 없는 기쁨이기도 했다.

'눈물 흘리는 일은 아픈 일이라 하지만
눈물 흘릴 줄 아는 사람은 기쁘다.
눈물 흘리는 일은 슬픈 일이라 하지만
눈물 흘릴 줄 아는 사람은 예쁘다.
하고픈 말들이 입가에 머물러 있지 않고
입술로 나올 때 이야기가 되듯
눈가에 맺혀있는 눈물은
아래로 아래로 흘러내려야 씩씩해진다.'
-양희정 곡 '잘 울래' 중-

아빠에게 반 발자국, 다가갔다.
이제 '아빠'에 대한 곡을 써야 하나 보다.

악보 발송 완료

187분 감사해요

✦

어제까지만 해도 없던 노래,

세상에 나온 순간 내 손을 떠난 노래는

많은 이들에게 위로와 격려가 되어

곁에 함께 있을 겁니다.

이메일로 신청해 주시면 답장으로 보내드린다고 했었는데

저를 행한 응원과 격려의 메시지가 정말 많았어요.

그리고 정말 다양한 곳에 계신 분들이

악보 신청을 해 주셨더라고요.

수험생 딸에게 불러 주고 싶다는 분,
아이 태명이 '바램'이었다는 분,
학교 선생님인데 학생들에게 불러 주고 싶다는 분,
교회에서 같이 부르고 싶다는 분,
논산에서 부르고 싶다는 분까지.

결국, 양방향 소통이에요.

양희정은 그런 방향성을 가진 사람이고,
그 소통의 길목에서 만나는 이들의 눈을 마주치고
이야기를 듣게 되는 것이
제 영감이자 행복이더라고요.

이메일 보내는데 시간이 꽤 걸렸지만
산타 할아버지의 선물 리스트를 정리하듯
행복한 메일 발송 미션이었습니다.

근데... 저...
#내일도_새싱글이나온대요

크리스마스 특송으로 딱,

#도투도가 발매됩니다.

#door_to_door

노래의 힘을 믿어요.

#오늘을응원해 많이 불러 주세요.

신은 생명을 사랑한다

그렇지, 그 분은 생명의 주님이셨지

✦

지난 시간 동안
생태계를 잘 보전하자는 글과 곡을 쓰며 보냈지만,

저도 수많은 쓰레기를 만들어 내고
분리수거를 잘 하기 시작한 지는
겨우 몇 달 밖에 되지 않았고요.
여전히, 엄청난 플라스틱을 사용하고 있습니다.

길에 버려진 쓰레기를 줍는 네 번의 플로깅 동안

'내가 계속 이렇게 살 수 있을까?'

스스로 질문이 들기도 했습니다.

SNS에 그런 행동이나 글을 적을 때
마치 나는 플라스틱은 1도 사용하지 않는
사람이 되어야 할 것 같은
압박감(?)이 있기도 했었지요.

그런데,
계속 실패하고 다시 다짐하는 일을
매 순간마다 마주하게 되더라고요.

'Then, fail again.'

다이어트 선언하듯
이렇게 오픈된 곳에 제 다짐을 적지 않으면
(그래서 누가 볼 수도 있다는 생각을 하지 않으면)

네 개나 있는 텀블러를 챙기지 않고 카페에 갈 것 같았고,
다시 쓸 수 있는 쇼핑백을 보고 지나쳐

편의점에서 비닐봉지를 살 것 같았거든요.

아주 작은 일인데, 매우 귀찮은 일이지요.

그런데 그 아주 작은 것들은
모두 연결되어 있더라고요.

나의 편안함과 안락함을 위해
적어도 다른 생명을 해치는 일은 하지 않겠다고 다짐했지만

당장 눈앞에서 생명이 사라지는 것이 아니다 보니
쉽게 눈을 감아버리는 저를 마주합니다.

드라마에서도 아파트 단지 내에 분리수거 잔소리하는 분은
'예민한 사람'으로 그려졌던 것이 제게도 남아 있는지
스스로 '유난'인 사람이 되고 싶지 않기도 하고...

저의 새로운 한 해에는
생명의 하나님의 자녀답게 살기로 다짐해 봅니다.

우리가 겨울에 입는 패딩 점퍼를 만들기 위해
중국에서 비윤리적으로 착취되는
오리, 거위, 라쿤, 토끼들이 있어요.

그 생명을 지켜주자는 노래 녹음 사진인데
앞에 먹고 나면 버려질 쓰레기 좀 보세요.

이게 우리의 모습이에요.

그 모습이 모순으로 여겨져
우리는 매 순간 돌아서지만

그 모순을 받아들이고, 반성하고,
다시 실패하기를 주저하지 않는
2021년이 되고 싶습니다.

곡을 짓고, 글을 쓰고, 노래를 부르는 아티스트 양희정의
새로운 한 해가 기대됩니다.

여러분은 어떤 다짐을 하셨나요?

만만하게 보이지 않으려

몸집 부풀리는 법을 알려주는

세상에게 던지는 한 마디

초판 1쇄 2021년 10월 25일
발행일 2021년 10월 25일

저자 양희정
발행인 최우진
편집 여성은 · **교정교열** 김은주
디자인 박세현

발행처 그래서음악(somusic)
출판등록 2020년 6월 11일 제 2020-000060호
주소 경기도 성남시 분당구 서현로170
전화 031-623-5231 **팩스** 031-990-6970
이메일 mysomusic@naver.com

ISBN 979-11-91118-63-6 (03810)